繪圖：kim minji

繪圖・kim minji

Gaea

Gaea

阿米巴系列

天航 KIM ——著

kim minji ——插畫

書蟲的少年時代

The Death of a Bookworm

書蟲的少年時代

目錄

※全書章名靈感來自香港舊學制中學指定課文

謹以此書，紀念我們共同經歷過的考試，
以及那些埋葬在課本裡的青春。

楔子

我們都是可憐的一代。

讀書死，讀死書，死讀書……在無數個噩夢連連的晚上，我們夢迴自己回到公開試的考場內，坐在冷冰冰的椅子上，呆望著一些不知該如何作答的考題，孤苦無援，緊張得手心冒汗。

每當想起在其他同學面前抬不起頭的委屈，每當想起老師發成績單時流露的不屑、爸媽那種「恨鐵不成鋼」的悲痛欲絕……

我們都像被小叮噹的縮小燈照中般，愈縮愈小……

即使長大了、畢業了仍無法忘記那些堆積如山的作業、那些無法逃避的測驗、那種日夜忐忑的焦慮……無數次迷失與徬徨，佔據了一大片青春時光，將我們年輕的歲月鑄成一個鏽跡斑斑的紀念幣。

當成績單上的分數令人徹底失望，世界就像末日降臨一樣。

公開試放榜的那天，彷彿成了忌日，埋葬了很多人的夢想和青春。

我們記不得確切的日子，但永遠忘不了那種被壓得透不過氣的感覺。

甲乙丙丁戊……大家心照不宣，都知道哪一班是資優班，校方辯稱是「因材施教」，其實就是將學生評級和分類，將會讀書和不會讀書的人分成兩堆，免得互扯後腿，而這樣的分類法也適用於社會。

當你發現自己落後，就只有擠開在你上面的人，把別人當成踏腳石，一腳蹬到他臉上，才可以繼續往上爬。雖然不曉得上面會有怎樣的未來，但我們堅信只有愈爬愈高，才會有美好幸福的人生。

適者生存，弱者消失，求學就是求生。

在這塊歷盡歲月洗禮的黑板上，曾有人寫下：

大學，拚了！

也有血書一般的粉筆字：

我們的青春埋葬在課本裡。

不過，最轟動的一次，有個中二級學生不畏強權也不怕後果，刷刷刷在黑板上寫下一行字：

他媽的EXAMINATION!

留下這行字的人是一個叫李書松的學生，他的勇氣是校方不欣賞亦不鼓吹的，這種擾亂秩序的叛逆份子，只會是老師和某些同學的眼中釘。要是他妨礙了教學進度，更是十惡不赦，污染了學校這片純潔神聖之地。

結果，他遭到退學。

校方再無情，也不會單單因爲學生寫了句髒話，就立刻斬草除根，將他趕出校門。李書松被開除學籍，是因爲他的成績太爛。

頹廢的李書松，衣衫不整、領帶歪歪的，蹬著皮鞋就像穿著拖鞋，肩揹單肩吊帶書包，懶洋洋地打了個大呵欠，默默接受命運給他的懲罰。

當一個人頹廢到他那個程度，連映在地上的影子看起來都像是醉醺醺的。

離校時，驕陽曬在他臉上，但他一點都不覺得溫暖，眼前浮現了被老師用功課和測驗來虐待的慘痛往事……

他突然滿腔激憤，立刻轉身，對著學校做出一個極爲不雅的手勢——

伸出中指。

測驗功課何時了

「鑰匙的用途是用來開門，開了門，可以回家。
書的用途是開啟文憑之門，有了文憑，才可謀生。
沒有學歷，難道就沒有未來嗎？」

01 我和我的會考

很多年以後，當我看著一片如紙錢般紛飛的灰燼，才明白那是滿載怨氣的學生筆記。走廊上，迎面而來的都是死氣沉沉的面孔，比墓園更陰森的校園瀰漫著令人窒息的氣氛，那些抽抽噎噎的啜泣聲，原來都屬於無法升級的文科生和理科生。

是的，那是一個註定要用黑色筆塡寫的日子——

八月X日

XX年香港中學會考放榜日

這一天，對我來說意義重大。我覺得它理所當然要和香港歷史——甚至人類發展史上一切重大事件，一同被人類所銘記。

教室裡，人人正襟危坐。

曾經在這裡斷送了美好前程的學生幽魂彷彿顯靈，爲我奏出貝多芬的第三號交響曲〈英雄〉。

當老師喊出我的名字，我以最酷、最炫目的步姿走出去。

老師萬分恭謹地伸出雙手，遞上成績單，並向全班同學宣布：「李書松同學在會考獲得十二優的佳績，冠絕香港，史無前例，爲我校爭光，請大家鼓掌！」

一優難求，大多數同學的成績單上連一個A也沒有，而我竟然有十二個，多得令人內疚，覺得考出高分是種罪過。惻隱之心人皆有之，我很同情台下的同班同學……但同時又很快樂。

我原地九十度轉身，像高舉世界盃獎杯般舉起我的會考成績單，在一片掌聲之中瀟灑鞠躬。

那一刻，我彷彿坐在寶座之上，全港考生對我跪下，行禮膜拜，俯首稱臣。

校長和副校長都來了，露出阿諛獻媚的嘴臉，渴望與我握手。我只是冷笑以對，高傲不羈地走下樓梯。

昔時一日之內得最多金牌的是岳飛，而我李書松平了這個紀錄。但就算學校用十二面24K金牌來買我的十二個A，我也不屑讓我的帥照出現在校方的宣傳單和刊物上。

這時，校外已圍滿了記者，鎂光燈閃得我快瞎了。除了本地媒體，連CNN和BBC都來採訪我。還有一群學妹擠進人潮，竭力向我索取簽名；她們喊得喉嚨快要啞了，只求我回眸一顧。

唸了這麼多年中學，最威風就是金榜題名這一刻！

記者問：「你成爲本港第一個十二優狀元，請問你感覺如何？」

我回答：「意料中事。最可惜是『十三』這個數字不祥，否則我想現時手上會有十三個A了。」

這番豪語一定會被刊登在明天的報紙上。

嘿嘿嘿！我仰天狂笑。

記者們隨即按下快門，鎂光燈狂閃……

然後，就沒有然後了……

□

「阿蟲，別作白日夢啦！老師正往這邊看喲！」

鄰座的蔣雪妍用手肘推了我的肩膀一下，把我從美夢中喚醒。

「從中午睡到現在……你眞的當老師透明啊……」

蔣雪妍拿起我的課本，差點要翻白眼，因爲她發現那其實是另一科的課本，外面包了一層彩色影印的封面，就冒充成化學課本。

我，頹廢的中四學生，教育制度下的受害者，困在現實與自由的夾縫之間身不由己，無心在世俗的洪流裡爭名奪利，只好歸隱夢鄉，繼續睡覺，作我的〈春秋大夢〉中四下學期第十一章第二節，在綺夢中綁架周公的小老婆。

化學實驗室裡的燈光昏沉沉，加上有百葉窗，烘托出適眠的好環境，所以化學是我最愛的科目之一。

老師說話的聲調欠缺抑揚頓挫，只顧自說自話，完全不干涉台下學生的活動，甚至縱容學生吃零食和做別科的功課……這樣的好老師眞的愈來愈少了。

可是，就是有人不懂珍惜。下學期一開始，某個同學衝著老師亂罵一通：「YOU ARE WASTING MY TIME！你說的東西都印在教科書上，朗讀出來有個屁用呀？當我們文盲啊？」

老師的ＥＱ眞高，借笑掩羞之後，繼續厚著臉皮教下去。

世上充滿不可思議的事，這個外號「人肉朗讀機」的老師，教過的會考班皆有很優異的成績……可能是學生都很不安，爲求自保，便自己苦讀，在校外上補習班惡補……如果用心眞的如此，老師可謂捨己成仁了。

「今天教的東西有點難，我給大家時間消化一下。」

說來眞是慚愧，上了半年他的課，我還不知道這位老師叫啥名字。

算了吧！反正畢業後，我不會找他，他不會管我，彼此就沒有半點關係了。

某次，有個老師在走廊上攔住我，板著臉，問我怎麼不打招呼。他想必很希望我用既崇拜又尊敬的語氣，低頭說一聲：「早安！X老師！」但我才懶得理他，敷衍地回應：「老師……我記憶力很差，怕叫錯你的名字更加不敬，所以寧願不叫……」

我很同意一句話，就是儒家思想是失敗的，孔孟提倡的「尊師重道」早已成爲如廁後用以拭穢的草紙。到了二十一世紀，講的是人權，老師、學生們平等對待，亦師亦友的關係。學生也要懂得保護自己，只要老師敢動自己分毫，馬上就打電話報警。而依目前這趨勢來看，到了二十二世紀，老師和學生將會發展爲奴隸和主人的關係。

我打了個呵欠，因爲昨晚打電動而睡眠不足。

長桌對面是個頭髮中分的男同學，厚厚的鏡框下有顆大痣。

他瞧我在打呵欠，就不安起來，探頭過來，竭力裝出熟絡的樣子，出言試探：「李書松，你昨晚睡得不好嗎？怎麼看起來這麼累？」

這個外號叫「CALCULATOR」的傢伙，是絕對典型的理科人，生下來就註定要天天做算術的怪物，經年累月醉心於一堆數字和公式裡，不去玩，不見天日，不接觸地球上其他物種

——和自己學業成績相關的人類除外。

我知道他在意，便故意裝神弄鬼：

「對啊！我昨晚，不，今天凌晨兩點多才睡。」

「那……你爲甚麼這麼晚才睡？」

「當然是……玩線上遊戲啊。你看我，我像那種通宵達旦K書的人嗎？呵，眞累，今晚又要熬夜了……」

CALCULATOR疑心病極重，沒有盡信我的話，面部肌肉抽搐了一下，露出對我十分顧忌的表情。

自從他去年偷偷瞧見我的成績單，我就被他盯上了。中三期末考時，我如有神助，猜題全中，有幾門學科的分數很高，尤其是多項選擇題，數學科其中一份試卷幾乎滿分。但對於不感興趣的學科，我考得很爛。結果，我各科成績相當極端，有如心電圖的讀數，那張成績單絕對蔚爲奇觀。

不知是幸運，抑或是不幸，如果學生塡選理科班，學校只以中英數主科和理科的總分來計算排名，而我竟然被編進了理科資優班。

本校中四級共有二百四十六人，四十多人一班。班裡就是個小江湖，分爲幾大派，一種是默默耕耘勤學型，一種是偷偷摸摸用功型，還有一種是不問世事自閉型……很多成績好的同學，手上都有獨門筆記，有如絕世祕笈，經常惹來眾人覬覦，或窺之或竊之……唉，如果殺人不用坐牢，一定會有人爲了成績而幹掉其他同學。

過了N分鐘之後，這一堂課已到了尾聲。

「同學們有問題嗎？」老師問完這句話後，推了推老花眼鏡。

一如往常，沒有學生舉手發問。

時代不同了，老師要接受改變。

這是沉默學習的時代，只有馬屁精才會舉手。

無心向學的同學根本不會提出疑問，自視爲高材生的才不會自貶身分，在一大班同學面前出醜。再者，人人都想盡快下課……於是，老師依舊向著全班同學提問，然後自問自答，就是爲了示範「設問」這種修辭技巧。

這個現象有個學名，叫「SILENT CLASSROOM」，沉默的教室。

我們這個時代的學生在學習上都是被動的。上頭給我們甚麼知識，我們就接收甚麼知識，絕不會像家長、教育家的構想般熱烈發問、積極投入，那簡直是痴人說夢話，只有在宣傳廣告裡才會出現。

大家發呆聽著老師喃喃自語，教室有時委實靜得可怕。幾個同學開始不停看手錶，他們的錶都跟學校響鐘的時間調整到只有幾秒誤差，只要鐘聲一響，就能從教室這小牢籠解放。而最後一堂課的鐘聲更加令人殷切盼望，正常人都想盡快離開學校這座大牢獄。

「陳秋蘭，妳明白嗎？」

化學老師爲了拖延時間，就向一位女同學問話。

要是仔細研究這女生的容顏，你會發現很多凹凸瘡孔，猶如火星人侵略過地球的痕跡，極是令人毛骨悚然。

陳秋蘭沒有回答，陰沉地獰笑，一副居心叵測的模樣。

……多麼恐怖啊！

她這個表情令全班陷入恐慌。

有些同學開始感到自卑，惶惶不安地驚懼起來：

「老師明明教得那麼爛，爲甚麼她懂我不懂？」

這個智商似乎很高的女人，就是全年級第一名的陳秋蘭。一個經典，一個傳說，她的長相和她的名字一樣過時，我懷疑她是穿越時光隧道由商朝來到現代的。身爲她的好同學，我經常想勸她未雨綢繆，多存一筆錢整容，免得將來出國深造，會被誤當是外星人而遭射殺。

其他同學有人早生華髮、有人滿臉痘痘、近視度數破千……甚至有人禿頭了。班上所有同學，莫不受盡考試制度的毒害。

我們都在等待——最後一堂課的鐘聲。

□

下課鐘聲響起了！學生的靈魂暫時得到解脫。

我以爲自己是第一個走出實驗室的，殊不知老師的腳步比我更快，一馬當先地飛奔出去。與此同時，一陣強風由後吹來，我被一個速度快得像子彈列車的傢伙撞開。老師快，這頭怪物更快，攔住了正欲下樓的老師。

「曾老師，這裡我不明白，可否再詳細解釋一次？」

CALCULATOR就是那頭怪物，只見他拿著課本指來指去發問。另一個女妖般的人物飄到兩人身邊，正是陳秋蘭。她伸長脖子，在兩人之間探望，用心聆聽，不可錯失CALCULATOR知道而自己不知的學問。

我爲老師默哀，這一纏至少要耗掉他大半個小時。

據聞，這兩個傢伙向幾位老師要了電話號碼，半夜自習，遇到不明白的地方，就打電話去問個水落石出，教那群過分盡責的老師生不如死。由此可見，CALCULATOR和陳秋蘭才是眞正精明的學生，懂得善用資源，學費和我們一樣，卻從老師身上佔了不少便宜。

這些讀書人的嘴臉眞是令人難受！

我打了個呵欠，用我獨創的不抬腿走法下樓。

讀書爲求知識。

這是爭名奪利成功的學者在領受豐厚薪酬同時所說的話。

在文憑主義時代，現代人比古代聖賢更明白「萬般皆下品，惟有讀書高」。正所謂「成績是升學的通行證，學歷是發財的奠基石」，假如醫生、律師、工程師的薪水和拉車的、挑糞的一樣多，會有那麼多人願意和霉紙厚書朝夕相對嗎？牛頓的力學理論和微積分眞是他媽的很有趣嗎？孔子、孟子沒有學歷證明，和現今滿口人生道理的怪老頭有何分別？說到底，讀書都是爲了錢，爲了令身邊的人尊敬和嫉妒。

書中自有黃金屋，書中自有顏如玉……

古人眞是想得透徹，早就明白讀書、錢財和女人之間不可分割的利益關係。

而我的理想，就是千方百計升上大學，然後盡情玩歲愒日，結識有利用價值的朋友，畢業後用盡一切手段來發財，買豪宅、玩名車、數鈔票、交女友……這就是我讀書最大的宏願。

但是，我不會像一般中學生那樣，流連區內大小自修室。

我主張「無痛苦讀書法」。

何謂「無痛苦讀書法」？就是用最少的腦細胞消耗量來考取最高的分數。

讀書時，遇到難處，請盡快翻過；聽課時，察覺到老師要說廢話，請迅速入睡；考試時，會的便答，可碰運氣的便碰運氣，看見超出自己程度的難題，便塡一堆亂七八糟的東西上去，博取同情分。不想讀的就不要讀，不用考的更不要讀，不需要額外的理解，只須死背標準答案，並善用如廁時的空檔溫書。

無痛，考得差也不會心痛。

無苦，不必爲讀了一堆沒考的東西喊苦。

此乃講求效率的「無痛苦讀書法」之眞諦也！

□

「喂！阿蟲，數學科的功課你交了沒有？我還沒開始做啊。」

在樓梯上回頭一望，是我的平胸乾妹妹蔣雪妍同學。

我聽了，哈哈一笑，輕輕摸一摸她的頭，沉聲道：

「不交功課的才是英雄好漢！」

一向傾慕我的阿雪聽了，回想去年九月開學起，到現在二月冬末，我的確從未完完整整交過一份功課，她不得不佩服得五體投地。

我的特厚臉皮拖延策略實在太出色了，所有老師對我，除了嘆氣，只有放棄。

「我眞是的！竟然笨得要借你的功課來抄。」

「蔣雪妍，妳這種做人態度實在太差勁了！抄功課是一件十惡不赦的事啊！試想想，妳抄功課，既浪費自己抄寫的時間，也浪費了老師批改的時間，而過程中沒有一方可以得益。所以呢，要麼就苦幹，要麼就不幹！」

阿雪恍然大悟，對我的傾慕又加深了，慨然歎曰：「李書松厚顏無恥，吾不如也！」

「別再爲功課的事煩惱了！功課？沒聽過這個名詞。這才對嘛。」

「可是……你不怕老師罰你放學留下嗎？」

我拍一拍胸口，氣吞山河地說：

「男子漢大丈夫，流血不留校！」

話是這麼說沒錯，當走過教職員室那一層樓，我還是格外小心翼翼……

我是中三才轉學來這學校，蔣雪妍是我第一個混熟的同學。

阿雪是個花痴，莫名其妙就迷戀某男生，卻從沒迷戀上我。她強辯自己是雙子座，性格就是這麼善變。和其他女同學一樣，她會追逐偶像，聽流行歌曲和唱K歌，本來文科成績較好的她，卻選了理科班，就是因為生性隨波逐流，好友選甚麼她就選甚麼。

中四開始，我和她挑座位時總是同桌，同學們懷疑我和她的關係，但我倆清清白白、對得起天地良心，根本不用理會那些心智未成熟的同學。

「放學後妳會去泰坦尼哥的家吧？呵呵，和我合作賺外快吧……」

我走上與阿雪同一級的階梯，正想伸臂搭上她的肩頭，她卻示意不可這麼做，然後指著我腦後。

「李——書——松——」

突然，我耳背一涼，有股涼風從後面吹來，然後有隻怪手從背後摸上我的肩膀。

嚇死我了！我還以為是中了老師的埋伏。

要知道我們班的數學老師像女鬼一樣，常常藏匿在樓梯間或者陰暗的角落偷襲學生，我欠了她一屁股功課債，仇深似海，被打斷了腿也還不清，所以真的很怕她來找我算帳……

當我回過頭，發現來人只是個跟我穿著同一款制服的男生，不由得瞪著他，怒斥曰：「你以為自己年紀還小啊？玩這種惡作劇嚇人！」

此人是我的學長，真名不詳，同學稱之「傷殘輝」。他身形略胖，鼻孔粗大，髮型呈爆炸狀，戴大圓眼鏡框，貌似老頭。事實上，這位學長真的很老，今年中七，但實際年齡已經相當於大學畢業生。而他的外表又比他的年齡老得多，我相信他每次照鏡子都需要很大的勇氣。

由於他每次上公廁都要走入殘障人士那格，又偏好走殘障人士的通道，反應極遲鈍，故有「傷殘輝」之稱。

傷殘輝是個大名鼎鼎的「REPEATER」，即是重讀生也。在我眼中，他是一個充滿傳奇色彩的重讀生，小學曾經留級，中五會考時翻了一次船，重考之後，升上中六預科班，不幸留級。去年高考放榜，他名落孫山，聽說他死命抱住副校長的大腿求情，足足被拖行了一條走廊，誠意感動蒼天，校方才讓他留校重讀中七，再戰高考。他這個人很隨和，沒有甚麼大缺點，就是對印有REPEAT的東西都十分敏感，一見有REPEAT按鈕的唱機，那部唱機就註定逃不了被肢解的厄運。

其實傷殘輝雖然遲鈍，並不算很笨，至少他通過了會考這一關。香港曾是英國的殖民地，採用英式學制，不分國中和高中，中學五年，預科班兩年，一般大學學程為期三年。中五之後，就要接受殘酷的會考，不論報考人數多少，達到升學門檻最低要求的學生只有兩萬餘人。而這兩萬多倖存者在預科班的兩年內競爭，共赴更加慘絕的高級程度會考（簡稱「高考」），以成績競逐各大學的學位，再次汰弱留強，只有精英能進一流大學的知名學系。

事實擺在眼前，大學之門那麼窄，要擠進去可不容易。

阿彌陀佛，我的預感告訴我，傷殘輝今年高考應該不會成功……青春所剩無幾，還有毅力繼續求學，不理會冷嘲與熱諷，橫眉冷對千夫指，他的人生就是一部活生生的勵志電影。

「我們不是約好了嗎？今天的課後活動，在泰坦尼哥的家舉行吧？」

傷殘輝笑呵呵地問我，人生遭逢那麼多巨大的噩耗和不幸，還可以長期保持笑容，他真是個樂觀豁達的人啊！

「阿雪，妳也去吧？」

傷殘輝根本不在乎我的答案，用極溫柔的語氣問阿雪。當阿雪點了點頭，他就像含羞草一樣，肩頭縮了縮，令我看了也忍不住打了個寒噤。

課外活動，沒錯……

我的一天，由放學鐘聲響起的一刻才真正開始。

□

傷殘輝、阿雪和我一行三人，離開學校後，走入一條小巷。

一輛舊車旁，站著一個穿著潮流服飾的人物，名牌黑背心格子褲，腕繫黑魂烏鋼環，以髮箍束起滿頭金髮，菸不離手，一副流氓相。

「泰坦尼哥！」我們異口同聲。

「人到齊了嗎？眞準時。看見你們，眞懷念我的學生時代，那時候交的女友都比較純潔，皮膚也好像比較嫩……」泰坦尼哥故意耍酷，將菸屁股往上一彈，掉入垃圾筒上的菸灰缸裡。

泰坦尼哥算是我們之中的老大，我們服他，因爲他是我們之中談戀愛次數最多的。他其貌不揚，但口才了得，泡妞技術出神入化，在我們這種血氣方剛的年輕人眼中簡直是最佳榜樣。

發動引擎，啓程。

「讓開！你屁股很大啊！千萬別放屁啊！」我對傷殘輝說。

阿雪私下對我說覺得泰坦尼哥很有男人味，我就讓她坐在副駕駛座。後座明明可以坐三個人，但和傷殘輝坐在一起，感覺就是很擁擠。

物以類聚，坐在泰坦尼哥車裡的人都有個共通點，就是都很頹廢，覺得未來很不明朗。

畢業於一流大學的乃天之驕子，不會讀書的人乃垃圾桶、馬桶裡的渣滓蛔蟲。

這個世界就是這樣，總有一些人會被遺棄。我們這些人，有些不會唸書，有些跟書有仇。

阿雪的父母管教嚴格，發育時期壓迫過甚，令她缺乏娛樂和運動，要揹著一輩子的「平胸」命運，將來她的男友寧可按鍵盤也不願按她。她是條可憐蟲。

傷殘輝覺得自己很沒用，向家人討錢、毫無貢獻，又不會唸書，是條害蟲。

泰坦尼哥是條淫蟲，我認識他也不過半年，已見識過他的女人緣，身邊女人多得令人眼花撩亂。

我李書松，就是一條懶蟲。

停好車後，泰坦尼哥拿出菸盒，滑出一根香菸，倒轉菸頭在手心上輕敲，然後點火，吐出一口煙圈。

煙圈中，就是一幢牆色斑駁的公寓入口。

一行四人浩浩蕩蕩地走入電梯……準備開始我們的課外活動。

02 今人讀書不易

孟母三遷的故事，相信很多人都聽過。

攀附權貴、嫌人窮酸，瞧不起做屠夫的，扼殺小孩的創意發展，這才是孟母的醜陋眞面目。

人之初，性本賤——

我懷疑這才是孟子的原意，只不過後人抄錄時寫錯了，才釀成中華文化的大浩劫，生出一群「自以爲知書識禮就高人一等」的虛僞讀書人。連交個朋友都要充滿居心，撿便宜賺好處，這種人和良禽有甚麼分別？良禽擇木而棲，難怪天下父母的所作所爲都和孟母一樣，費煞心思，甚至不擇手段，都要搬進名校校區，不進名校死不休。

我看過最引起公憤的新聞報導，不是甚麼恐怖襲擊事件，也不是全村慘遭滅門的屠殺案，而是一個母親和兒子在校門外相擁而泣，皆因愛兒只是考進普通名校，進不了全市第一的超級明星中學。孩子也不明就裡，就覺得自己是個無法光宗耀祖的不肖子，嗚嗚嗚向娘親下跪懺悔認錯。

還好我媽媽早死，沒有管我的學業、干預我交朋友的自由。若她泉下有知，應該慶幸有個如此獨立有主見、鶴立不群的兒子。

誤交損友是人生一大樂事！

因爲只有損友，才能告訴你世界黑暗的一面，讓你學習到學校不會教的社會知識。

泰坦尼哥、阿雪和傷殘輝是我的三個損友。

尤其是泰坦尼哥，簡直是我的偶像，明明已經二十多歲，還是一副玩世不恭的樣子——戴耳環、染金髮、手執「萬寶路」、腳穿「人字拖」、腰繫股票機，談笑間就賺了一個月的房租。

他最大的嗜好就是閉門七件事：吃、喝、玩、樂、淫、賭、吹。

我和泰坦尼哥，也是在去年暑假才認識，地點是一間看似快要倒閉的電子遊樂場。

當時我正在玩日本麻將機，畫面突然出現「挑戰者」的字樣。我偷瞄了一眼，有個眼神抑鬱的哥哥就坐在隔排的機台。他叼著沒有點燃的香菸，支著肘托下巴，一身庸俗但亮眼的休閒西裝……我覺得當時他的機台上應該放著一杯雞尾酒。

「在上班時間會來電子遊樂場混，看來是失業遊民。眞可憐呀。」

我這麼想的時候，螢幕上的麻將牌已逐一翻開，兩人之間的對戰正式開始。我摩拳擦掌，左手握緊控制桿，右手按在圓鈕上，心想就算對方是大人，我這麻將界的明日之星也不會輸的。

首番交手，我已暗暗心驚，對方只打出三張牌，就打出立直棒。立直即是「聽牌」的意思。我一時慌張，胡亂打出一張牌，對方就胡牌了，雖然點數不多，已在心理上向我施予沉重的一擊。

第二回，我再接再厲，湊成三組好牌。正當我志得意滿的時候，凝神聽著電子機台的另一邊，有種若隱若現的按鈕聲響，漸漸變大，周匝數遍，如一條飛蛇，在黃山三十六峰半中腰裡盤旋穿插，抑揚頓挫，入耳動心，恍若有幾十根弦，幾百根指頭，在那裡按鈕似地，打牌的效果音竟然變爲一種天籟！

當他吃胡的一刻，一錘定音的絕響，隨即化作千百道五色火光，在螢幕上炸了開來。

不用多說，這一局，我輸了。

我就像著了魔一樣，深深不忿，不停投幣，心想怎麼也要勝過對手一次。

結果，我連敗十局，有種連內褲也輸掉了的感覺。

有一局本來有很大的勝算，我運氣極好，先胡了一局好牌，贏了他八千點。然後我全心防守，爲了不讓對手胡中我打出的牌，我就只打他不要的安全牌。可是，在最後一回合，他終於胡了，門前清海底撈月自摸……令我驚訝的是，他需要的牌之前已經出現過，但他故意不吃我的牌，原來經過一番計算，最後才恰好反勝我兩百點。

日本麻將千變萬化，牌型花樣甚多，計算番數繁複，即使日本人也不容易掌握，但一個中國人竟然可以將日本麻將搓弄於股掌之間，我眞的心悅誠服。

我的腦細胞好像停止了活動，呆坐了一會，才黯然神傷地離座，心想：「今天眞倒楣，遇到這麼強的高手。我以後都不會再光顧這裡，糗死了……」

繞過機台的時候，第一次與泰坦尼哥打個照面。

「你要走了嗎？」

「對啊！我沒零錢了。」

他知道我要離開，竟露出落寞的神情。

「我這裡有一把零錢，都給你，你繼續玩吧。」

「不行啦！我約了朋友搓麻將。」

泰坦尼哥聽到我約了朋友打麻將，目光亮了亮，厚著臉皮問：「可以讓我加入嗎？」

雖然他問得唐突，但我也不知道爲甚麼，對他有種惺惺相惜的感覺，在剛剛的激戰中，我倆的靈魂彷彿有過第一次親密接觸。

當天有個王八蛋放鴿子，正好三缺一。

就這樣，泰坦尼哥成了我的損友。

□

學校本來有個麻將社，前身是棋藝社，後來不知怎地變質，會員定期聚會，都變成了打廣東麻將。

傷殘輝是前任社長，正如我之前介紹，他的強處在於不停重讀的毅力，臉皮十尺厚，在全校師生面前展現了重讀生的風範。我和阿雪曾是社員，本想好好闖一番事業，爲將來參加麻將王大賽鋪路。但訓導主任得悉校內有這麼腐敗的歪風，就撤銷了整個學會，間接毀了我們的前程。

麻將社被連根拔起後，全體社員解散，加上很多唸中五和中七的學長要閉關唸書，令我第一次嚐到了「國破家亡」的苦楚，阿雪覺得了無生趣，而傷殘輝的腦細胞活躍度亦大幅下降。

「你們需要場地，可以到我家。」

自從泰坦尼哥講出這句話，我們也老實不客氣，一放學就衝過去，將他的家當成麻將館。

泰坦尼哥的私家車是車齡十年的舊車，租住的房子也不見得奢華。

那是一幢毗鄰地鐵站的公寓，郵箱是生鏽的，一房一廳，麻雀雖小，五臟俱全，最重要的是齊備麻將桌和電玩遊戲機等娛樂設施。

我們揹著書包，來到泰坦尼哥家門外。泰坦尼哥沒拿出鑰匙，只是按下門鈴。

門鈴叫得奄奄一息，都被門後澎湃迴盪的熱舞音樂蓋住了。但屋裡的人聽得見鈴聲，一個女人出來開門。她穿著桃色橫條背心，燙髮豔唇，一副要色誘泰坦尼哥的姿態。她就是泰坦尼哥的女人，常常強逼我們稱呼她「性感小野貓」的珊姊。

「咦！傷殘輝，你也來了？不是再過三個月就要高考嗎？還有閒情打麻將啊？」

珊姊一看見傷殘輝，忍不住問。

「今天是我批准自己放鬆的最後一天……過了今天，我就會在你們面前消失……」

傷殘輝聲音低沉，那番話就像他的遺言，一提到高考，他的面容霎時變得沒有半點血色，比一個身懷絕症的病人更加絕望。

泰坦尼哥站在兩人之間，替傷殘輝說話：

「老輝難得上來，妳別掃興好不好？老輝是胸有成竹，憑眞才實學取勝的。重讀這麼多年，知識早已深深在他腦裡紮了根，根本用不著臨時抱佛腳，就可以上試場赴考。對了，老輝，你在大學學系選科申報表格上，首選一定是醫學系或者法律系吧？」

傷殘輝面色一沉，默不作聲。

我們這些當損友的，在這種關鍵時刻引誘傷殘輝打麻將，說眞的，眞是一點罪惡感都沒有。

因爲我們都有股強烈的預感，傷殘輝必定名落孫山，然後在祖先牌位前叩個頭破血流。

政府考評局頒發的會考成績單，我也看過，本來是數字的成績，都變成一個個英文字母：「ＡＢＣＤＥ」，「Ｅ」級以下就是代表不合格的「Ｆ」。「Ａ」是五分，「Ｂ」是四分，如此類推，湊夠十四分就可以升上中六預科班……但別太早高興，即使夠分數升讀預科班，也不一定可以升上大學。

就以往年爲例，高考考生人數約兩萬人（包括重讀生），但大學名額僅有一萬四千個，而80%左右的學生早在會考時已被淘汰。

也就是說，在同齡的年輕人之中，只有不到15%能升上本地大學。

比起會考，高級程度會考是更大的難關，除了中文和英文是必修科目，另外要選修兩門至三門主科，據說這些主科的難度，相當於大學一年級的課程。會考成績勉強過關的考生，就像傷殘輝，只敢申報招生門檻最低的院校及學科，俗稱「救生圈科目」。甚麼香港大學、中文大學這等傳統知名學府，他早就絕了念頭。

成績差的人有權選擇自己的志向嗎？

沒有。

傷殘輝會跟我和阿雪兩個低年級的人混在一起，可能就是因爲自卑，覺得在同輩面前抬不起頭，升學考試的失敗者和成功者很難繼續當朋友。

阿雪和我唸中四，明年就要參加會考。

我李書松向天發誓，如果我在會考失敗，我一定不會重讀，士可殺不可辱……

□

傳說中，一群厭惡學業的中學生放學後，只要眼前出現一張麻將桌，他們就會搖身一變，成爲神聖的麻將鬥士。

大伙兒的背後彷彿升起五條彩虹光帶，並排一列，開始變身——

拔走像狗圈一樣的領帶，解開學生制服的鈕釦，從褲口抽出縐巴巴的襯衫，露出符合校方規定的白色內衣，再將書包扔到垃圾桶旁邊。

就像進入戰鬥機的駕駛艙，我們各自坐在麻將桌四邊的坐席。

傷殘輝的內衣色澤有點黃，顯而易見，這件內衣陪伴他度過十年求學生涯——重讀生的衣服果然特別耐穿，就和他的書本一樣耐讀。

泰坦尼哥穿著一件黑色背心，男人魅力四射。

珊姊本來就很性感，再脫就要露肉了。

然後眾男一同色迷迷地瞧著阿雪，在場之中，只有她包得密不透風，也難怪，那件深藍色毛衣就是爲了掩飾她身材上的缺陷而存在的。

「神經病！我一點都不熱，爲甚麼要脫衣服？」

阿雪雙手交疊在胸前，嗔目瞪著我們。

古書有一謎語曰：

「四個進場四個考，一個考中三個懊。」

謎底就是麻將這玩意了。

而麻將更是一項有益身心的有氧運動，洗牌的動作和游泳一模一樣，可以鍛練你的臂肌；及時喊住別人丟出來的牌，可以訓練你的反射神經。馬拉松式的激戰完畢，總是累得滿頭大汗、七孔冒煙，效果勝過慢跑十個小時。

「以前還在唸書的時候，我贏光了同學的零用錢，害他們整整兩個月午飯時只能吃麵包皮，從此不敢再碰麻將……嘿嘿……」

這種話，只有泰坦尼哥這種惡魔才說得出來。

不過，泰坦尼哥是強得難以形容的高手，如果賭錢不設上限，傷殘輝早就輸到了要賣肝賣腎，而阿雪也要靠賣身來還清債務。幸好有這兩個笨蛋墊底，我才總是保住第二名。

「好！泰坦尼哥，這次我們三人一同夾攻你，我就不信還是你一家獨贏！I WILL DEFEAT YOU TODAY！」

我摺起衣袖，向泰坦尼哥宣戰，還吐出一句英語。一直以來在他手上未嘗一勝，在麻將桌上打敗他，就是我今年最大的目標。

「輸了也無所謂啊！就當是交學費。」阿雪卻抱著這樣的心態打麻將。

俗語有云：「信知生男惡，反是生女好。生女猶得嫁富豪，生男敗家會啃老。」

阿雪總是幻想自己能嫁給有錢人，將來當個貴婦，每天只是和其他貴婦搓麻將，所以現在就要開始練習。

我這個洞悉世情的好朋友，總是屢屢忠告，有錢人是不會看上她的。知識型經濟是大勢所趨，現在就算是鄉民出身的暴發戶，爲了配種，都要包養一流大學畢業的女生，如果沒有一紙文憑，連爭做情婦都會失去競爭力。

「中四唸了一個學期，有甚麼感覺？」傷殘輝忽然逗阿雪說話，表情有點靦腆……他這傢伙最近看阿雪的眼神有點曖昧。

「很多測驗考試呀……天天都要做附加數學的練習題，哭哭……不懂的東西愈來愈多了。不過不必太擔心我，我還剩下半條人命呀。」

阿雪哭喪著臉訴苦。

提及考試，傷殘輝打了個哆嗦，非常懼怕這個詞。

他覺得自己一生的不幸，都由這個詞語而來。

我們在八十後出生的這一代人，都屬於「Y世代」，在物質富裕的環境裡長大，自小就受到父母和長輩的寵愛，未遇過甚麼大苦大難。

對我們來說，最大的苦難就是考試。

因此，我們其實都很軟弱。

科技太發達了，甚麼都唾手可得，世界也不需要我們來建設，像理想這些虛幻的東西，已不復存在。

我甚至覺得，我們可以決定自己未來的力量，也隨著時代變得更薄弱了。

阿雪的身世滿可憐的，父母雙「忙」，沒空理她，就想出一條妙計：從她兩歲開始，就安排她上很多補習班，周一至周日的行程都是滿的，好像只要讓她有一刻閒暇，就會連累她輸給其他同齡的小鬼。

補習班對家長來說是極佳的托兒所，只要付錢，就可以把教育孩童的責任推卸給別人。話說回來，學校也是一間托兒所，只是規模比較龐大。

阿雪小學時，唸了一間在精神上虐童的特殊變態學校，壓力大得驚人，經常要熬夜做功課，導致孩童期長期睡眠不足……我懷疑她局部發育不健全，就是此故。可憐的阿雪，弱小的身軀揹著書包，往返家、學校與補習班之間，即使到了暑假，她爸媽都不准她偷懶，補習班、才藝班、遊學團……其實她最想做的事就是天天去玩，做一些讓自己開心的事。

「唉！我習慣了。他們總是說已經給我很多選擇，但都只是在他們給的選擇裡做選擇。」阿雪的心聲，她的爸媽會諒解才怪，甚麼親子溝通，到最後還不是苦口婆心勸她服從爸媽的旨意。

上了中四後，阿雪開始放肆了，在我指導之下，漸漸領悟欺騙父母的技巧，當她的家人以爲她在補習班上課，其實她在和我們打麻將。

父母對孩子最偉大的愛，就是爲他們的前程鋪路，送他們進去髤著金漆的名流學府大門，讓孩子在親戚朋友面前炫耀自己的學業成就——成績好的孩子，就是最值得父母疼愛的孩子。

吃得屎中屎，方爲人上人，這道理誰不明白？

爲了贏在起跑點，現在自兩歲開始學習已經太晚了……依我看，由胎兒成形的一刻開始，就要逼迫他聽古典音樂，僱請外語老師隔著媽媽的肚皮教他說話，總之要求孩子在上小學之前至少學會十三種外語……

教育對學生的要求愈來愈高，愈來愈多學生未老頭先白。

壓在肩頭的擔子有多重，孩子明白的。

但他們無法反抗，也無法掙扎。

03 泡吧解謎

第一圈，我運氣奇佳，雙番東，連續胡牌三局，在記分紙上遙遙領先。

「只是虛火。」

泰坦尼哥嫉妒我的成功，所以才這麼說。

但傷殘輝、阿雪和我早就串通好了，一起對付泰坦尼哥，誰做他的上家，就要誅絕他想要的牌。泰坦尼哥再厲害，在三面受敵之下，他也只好認命……開局至今，他還沒胡過一次。

雖然勝之不武，但自小我就明白，人人只重視結果，結果就是一切，公平競爭只會令自己吃虧。

我又胡牌了，一家贏三家，心情大悅。

輪流做莊，過了東圈和南圈，現在是西圈。

「唉！李書松，你贏了我這麼多錢，打算怎麼用？」

泰坦尼哥一向唯我獨尊，如今說出這種氣餒話，令我有點意外，但我知道社會險惡，所以絕不會同情敵人。

「最近臉上經常長痘痘，贏來的錢嘛，我應該會用來買護膚品和面膜。哈哈。」

「從貧窮的中學生手上贏錢，我一直覺得很不好意思……我本來就有這個想法，如果我今天贏錢，一定大公無私，全數用來請客。」泰坦尼哥漫不經心地說。

傷殘輝和阿雪聽了，身子微震，似乎有點心動……

「卑鄙！你想破壞我們的同盟關係！」

儘管我極力游說盟友，阿雪在精神上認同，卻在行爲上出賣了我，打出一張泰坦尼哥想要的牌。

「阿雪，如果我贏大錢，一定會好好照顧妳，雖然有點勉強，我不介意付錢包妳一整晚！」

聽到我這麼說，阿雪反而暗暗生氣，打出更多泰坦尼哥想要的牌。

可惜當時我不曾讀過〈六國論〉這篇古文，不懂用當中的道理來勸說大家：「你們忘了六國是怎麼滅亡的嗎？就是因爲大家心存僥倖，抱薪救火，才讓秦國有機可乘！」

「世上沒有永遠的敵人，只有永遠的利益——這是英國首相邱吉爾的名言。樓下最近開了一家日本料理店，阿珊，妳今晚想試試看嗎？」

泰坦尼哥對著珊姊說的話，其實是說給大家聽的。

我心中不爽傷殘輝有意投向敵營，他這殘障人士打牌又特別慢，便忍不住出聲譏諷：「站長，停了很久啦！可以打牌了嗎？」

「等等……打哪一隻好呢？」

傷殘輝猶豫不決，對家的阿雪目光楚楚地看過來，他的醜臉一紅，知道阿雪想要筒子，便拆掉自己的筒子，打給阿雪吃牌。

「你這個廢物，竟然抱住女人的大腿打牌！」我忍不住大罵。

阿雪對我做了個鬼臉，轉首向傷殘輝說：「輝哥哥！只有你才是眞正疼我的！」這一聲叫得多麼親切，傷殘輝漲紅了臉。

麻將桌上，除非合夥，否則連最好的朋友也會變成你的仇敵！

我大怒，和傷殘輝、阿雪決裂了。

坐在我對家的泰坦尼哥暗笑。

當我聞到一陣異味，便驚覺泰坦尼哥已脫掉襪子，將一隻臭腳擱了在矮凳上，也就是說他終於要認眞了。當我翻開新一局的牌，難得出現清一色的牌型。我一直摸到好牌，險些笑出聲來，本來以爲這一局吃定了，怎料大家各自才打出五張牌，泰坦尼哥就胡牌了，而且是番數最少的垃圾牌。

我氣炸了，接下來做大牌的時候，都像被看穿一樣，總是被泰坦尼哥的垃圾牌型搶先胡牌。

「一鼓作氣，再而衰，三而竭……」

泰坦尼哥口中唸唸有詞，力量全開，打牌的強勢一時無兩，混一式、對對胡、雙番西、槓上開花……形勢不利，我只好轉攻爲守，只打安全牌，心想只要保住分數上領先的優勢，我依然是最後的勝利者……

在最後一圈，我摸到一隻紅中，瞧了瞧棄牌區，外面已有三張紅中，心想這張牌不會有危險，便扔了出去。

「胡！」

泰坦尼哥喊了出來，然後逐張翻開自己的牌。

一九筒索萬東南西北中發白板，竟然是「十三么」！

我賠掉了大半籌碼，一下子由第一位被拉到了最後一位，輸得雙眼都要凸出來了。

「吃了『十三么』，隨時會絕子絕孫。」

我嘴巴毒辣，在口頭上不甘示弱。

這時候的我，已輸得焦頭爛額了，此消彼長，泰坦尼哥愈贏愈多。到了這個地步，我想報仇也來不及了，甚至再度犯下大錯，又被他胡中我打出來的牌。

「很多錢啊……哈哈哈，晚餐將會很豐富啊！」

我始終無法超越泰坦尼哥，悻悻然付錢，又被逼瞧著他數鈔票的樣子，心裡眞不是味兒。

「好耶！太棒了！謝謝李老闆請客！」

阿雪和傷殘輝雖然沒怎麼贏錢，但撿到便宜，賺了一頓飯。

「哼！就當是請大家吃狗飯吧！」

我咬牙切齒地說。

君子報仇十年不晚，我李書松將來一定會贏回來的，教我的豬朋狗友光著身子跪地求饒……

□

「吃那麼多生魚片，小心食物中毒……」

當大家捧著脹鼓鼓的肚皮離開餐廳，我才開始惋惜，我的錢包縮小了。

這個月剩下的日子，我這種「瀕臨破產動物」，都要活在赤貧線之下，而我的名字有可能會被記在學校福利社的賒帳板上。

「超重坐公車，小心出車禍！」

我眞是佛心來著，無時無刻都善意提醒我的朋友。

各散東西之後，我一身衣衫不整的校服，在街上蹓躂，恰好與傷殘輝同路。

「書蟲，你要馬上回家嗎？要不要去網咖？」

傷殘輝忽然問我。

他是徹底墮落了……我感慨萬分，看了看手錶，心想時間尚早，便陪傷殘輝上網吧。

看著傷殘輝拿出一張閃著「ＶＩＰ」字樣的會員卡，我就知道他是這網咖的常客。一個應屆考生在這種地方虛耗寶貴的讀書時間，他的內心一定飽受良知的掙扎與罪疚感的苛責吧？

可是我錯了，傷殘輝一就座，就從書包裡拿出一疊經濟科的練習試題。

他在眾目睽睽之下，埋頭執筆做題，專心致志，心無旁騖，即使螢幕彈出胸部特大的電腦ＣＧ美女桌布，竟也完全不爲所動。

我和周遭的人……瞠目結舌。

「不用理我！你玩你的，今晚我請你。」

就是他不說，我也會自顧自用電腦，假裝不認識他這個朋友。

半個小時後，傷殘輝才放下筆，然後重重呼出一口氣，一絲柔光始在緊繃的臉上浮現，整副模樣就像練功完畢，功力又深了一層，最要命的是他還做了一個收掌吐納的動作……

「書蟲，你會不會覺得悶啊？」

「哦，你看得出來啊？對啊，我快悶死了，你可以讓我揍一拳嗎？」

「這個……不好意思嘛。我讓你做一件很好玩、很刺激、很有挑戰性的事。」

接著傷殘輝湊過來，想了想，就敲著我眼前的鍵盤，輸入一個網址，然後瀏覽器開始下載網頁內容。

「這是一個女生的網路相簿。我的網友說，她是個成績優異的名校乖乖女，但這不是重點，重點是她是全年級票選出來的校花。」

「校花？怎麼覺得你在鬼扯？沒見過眞人，我才不相信呢。」

我不禁抱著懷疑的態度，因爲經過長期觀察和科學統計，我早就發現成績和相貌成反比的關係……所謂校花云云，通常都是一場鬧劇。

網頁內容顯示出來了，我正期待用我的審美觀來打個分數，沒想到甚麼美女都看不見，眼前的網路相簿上鎖了、上鎖了……要有密碼才能打開！

「輝哥，你在愚弄小弟嗎？我今天心情不好，隨時會揍人啊。」

「你急甚麼！美女自然很多人追！聽說這個著名女校的校花常常被男生騷擾，所以她就想出妙計，只有解開她在網上設下的謎題，才有資格在網上認識她，將她加為好友……」

解謎？

我正感到困惑，就看見傷殘輝點了「密碼提示」那個連結，所謂的提示竟是另一個網址。傷殘輝用滑鼠右鍵複製了網址，然後貼在網址列上，螢幕畫面刷新後，便連到了新頁面。

上聯：感時□濺淚

下聯：＿＿＿＿

對聯!?

我頓時全身冒出冷汗。

整個網頁畫面只有兩行字，和一個文字輸入框。

感覺好像回到了古代，置身在元宵節的燈謎晚會，要泡妞就要猜燈謎，文人才子左擁右抱……再這樣下去，搞不好要懂得吟詩作對，甚至七步成詩，才能得到這個女生的青睞……

噫，男人就是愛征服有挑戰性的美女，她眞是工於心計。

「國破山河在，城春草木深，感時花濺淚，恨別鳥驚心……不就是杜甫的〈春望〉嗎？」

「對啊！我試過輸入『恨別鳥驚心』，但是錯了。這個上聯很是奇怪，中間有個怪碼，不知道爲甚麼，缺了個『花』字。」

傷殘輝搔了搔頭，以他的智商，當然看不出此詩的奧妙所在。

「你笨死了！第一句缺了個『花』字，是故意的！」

「故意的？」

「杜甫那時候在戰亂中逃亡，至少看得見花。現在連花都看不見了，不是比那時候更淒慘嗎？寫出這對聯的人別出心裁，被你這種笨蛋看了，眞是要吐血呢……」

「所以……答案是？」

我不假思索，就用滑鼠點選了上聯那一段，複製了當中的怪碼，然後在網頁上的文字框裡輸入「恨別□驚心」，再按下輸入鍵。不見花，不見鳥，這樣的對聯才是勻稱。

果然正確！

通過了第一關，網頁畫面一刷新，就來到第二關。

這一關，是一道由英文和數字組成的謎語：

1B2M3R4E(an English Word)

猜一個英文單字……

這個生字由一個B、兩個M、三個R和四個E組成……到底是甚麼字呢？

傷殘輝抓破了頭也想不出答案，結果又要我出手了。

這問題也難不倒我，我想了一會，便知道謎底是「REMEMBERER」。

我自幼常和媽媽玩「SCRABBLE」圖版拼字遊戲。所以論到英語詞彙的水平，我很有自信，閱讀理解是我的強項，如果失分，我是愧對列祖列宗的。

「過關了！」

傷殘輝一臉興奮的樣子，顯然把帶來網吧的練習試題忘得一乾二淨。

網頁刷新之後，就出現一道數學推理題：

66

83

102

|

考完中文和英文之後……

第三關就輪到數學嗎？

「哎喲！我是文科生，對數學最沒轍了。書蟲，又要靠你了，加油啊！」

是他自己想看美女的照片吧……雖然不甘心被傷殘輝利用，但我始終是個男人，同樣對美女有好奇心，也很想看看這個傳說中的校花長甚麼樣子。

83減66是17，102減83是19……依此推理，答案應該是102加上21，等於123。

不費吹灰之力就算出了答案，我和傷殘輝都以爲這一關很容易過，直到想輸入答案的一刻，才發現網頁上根本沒有任何文字輸入框！

亂按數字鍵和「ENTER鍵」……甚至用滑鼠圈選整個網頁範圍，也找不到可以輸入文字的地方。

一時之間，好像走入死胡同了。

「會不會是網頁故障？」傷殘輝喃喃自語。

我曾經也有相同的想法，但轉念又想，隱隱覺得這個名校女生不是那種做一個故障網頁出來，將追求者拒諸門外的貨色。

當我搖頭嘆息的時候，眼珠一轉，驀然注意到網址列上的網址，竟然藏著一個很少人會留意的細節：

「http://……/mathquiz.htm?answer=000」

憑著電腦方面的知識，我知道問號後面應該是一個變數值。

靈機一動之下，我嘗試在「answer=」後面輸入「123」這組數字，再用力按下輸入鍵……

耶！過關了！

結果，瀏覽器被引導到新頁面。

這個頁面的正中央有張圖片，圖中的卡通人物是一隻「貓」……圓圈加一點，圓圈加一點，下面畫枝「棒棒糖」，再畫個「呼拉圈」……這隻機械貓以前叫小叮噹，現在好像改名「哆啦A夢」了……

圖片說明就是一道問題：

小叮噹的百寶袋沒有甚麼？

（答對後，相簿密碼會出現）

哈！

連腦筋急轉彎的題目都出來了，我笑了一笑。

本來想叫傷殘輝猜猜看，好取笑他，但他這傢伙已索性放棄動腦，雙眼直勾勾地看著我，完全指望我來揭開謎底。

跟之前的網頁一樣，這一關卡也沒有任何文字框，但頁面背景有幾條圖案特殊的分隔線，其中一條分隔線的形狀是一條拉鍊。

我移動游標，沿著那條分隔線摸索，發現其中一點是可以點擊的。

嗯，叮噹的百寶袋是沒有拉鍊的。

點擊之後，叮噹兩字突然亮起紅色標示，變成了日文：「ドラえもん」。

如無意外，這就是進入網上相簿的密碼了。

可是，當我們回去相簿的網頁，貼上剛剛出現的日文字串，卻又再次碰壁，依然是密碼錯誤的訊息，眞是他媽混帳。

「爲甚麼是錯的？被騙了？」

傷殘輝煩死了。

好！既然對方愛鬥智，就和她鬥到底……賭上我李書松的英名。

這網上相簿是某知名網站提供的服務，一般來說，密碼通常是由英文和數字組成。想到這一點，我便恍然大悟，再一次輸入密碼，但這一次是將日文轉爲英文，即是「doraemon」。

會用小寫字母，就是因爲那條問題的「叮噹」兩字前有個「小」字。

網頁畫面一瞬間變白了。

終於，幾經波折重重，我們成功進入相簿。

我目光含蓄地盯著螢幕，而傷殘輝猴急得像發情的公狗般口水直流，我和他的反應不同，這就是君子與小人的分別……

網頁刷新了，相簿出現……

想不到……

「(╬￣皿￣)凸（豎起中指）」

一打開相簿，我和傷殘輝心中不知爆出多少句髒話，連多國語言的版本都罵出來了。

這麼辛苦解謎，當然是爲了一睹美女的花容，沒想到整個相簿裡，竟然只有一張圖片……是艷照的話，我們還會息怒，可出現的只是一張螢幕畫面的截圖，圖片是使用者的桌面，右側開著一個即時通訊軟體。

從這張圖片，可見使用者的登入帳號，並知道她的網名是「煮飯貓」。

圖片下方還有一段敘述：

恭喜你通過了重重考驗！
公子可望加我爲好友。
別忘了在訊息框裡填字。

「快加她！」傷殘輝不停催促。

那網上通訊軟體我早就在用，輸入對方的帳號之後，就會出現一個訊息框，向對方發出加爲好友的邀請。

「慢著！」我突然想到，最後那句話很奇怪，正常人應該不會說「在訊息框裡填字」。再細看相簿裡那張螢幕截圖，驀然發現桌面背景上有個填字遊戲。瞧那填字遊戲的版圖，只剩一行未填，字頭是「F」，字尾是「K」，中間的填字格缺兩字，答案就是「FXXK」的格式。

傷殘輝賊笑了一下，這副德性，眞像色魔。

我指向螢幕一角的提示小字：

Cutlery used for serving and eating food.

傷殘輝正想打開查字典的網站，查一查「Cutlery」是甚麼意思。

我卻白了他一眼，不留情面地說：「查甚麼字典！難怪你成績那麼爛，就不會變通啊……F字頭K字尾的英文字，用來吃東西的，很明顯就是『FORK』！而且『Cutlery』的字首是『Cut』，按前文後理推斷，肯定就是『餐具』的意思。」

這番話好像傷了傷殘輝的自尊心，他聞言後慚愧地低頭不語……隔了一會，他悄悄地問我，「FORK」到底是甚麼東西，令我徹底無言……

我在訊息框裡加上「FORK」這個字之後，就將訊息送出去了。

對方好像不在線上，沒有即時批准我的好友請求，結果相當掃興。

「這女人是心理變態嗎？一直刁難別人！她應該到教育局工作，由她出試題，一定可以玩死不少考生……」

聽到傷殘輝的抱怨，我暗暗點頭。

和他在網咖裡混了一晚，感覺很空虛，也是時候要回家了。

04 虞美人與煮飯貓

在寂寞的十六歲，每當我有一些無病呻吟的感言，都會像塗鴉一樣記在學生手冊上，所以我不禁懷疑自己前世是著名詩人。

「鑰匙的用途是用來開門，開了門，可以回家。書的用途是開啓文憑之門，有了文憑，才可謀生。沒有學歷，難道就沒有未來嗎？」

對於不久前寫下的疑問，我今天找到答案，便補加上一句：「可以的！我從今以後苦練賭術，贏光我朋友們的錢。」

可是，時運不濟，禍不單行，自從我當晚大輸之後，運氣就差到極點。穿過街口的時候，竟被兩名警察逼近牆角搜身盤問。他們撥弄我歪七扭八的校服領帶，斜睨我亂七八糟的頭髮，問我這麼晚在街上遊蕩幹嘛……我回答，因爲我覺得最近治安不好，所以不敢將身分證帶在身上……解釋了很久，警察才願意相信我是個好市民，放我一馬。

我依然深信，警察針對我，只是因爲我的不羈，而不是因爲我的樣子……

鑰匙在指頭上晃呀晃，我就像舞著小刀一樣，瞄準鑰匙孔，將鑰匙插進去。

回到家裡，在我未開燈之前，屋裡一片漆黑。

一個人也沒有。

沒有溫暖。

我是獨生子，父親長期在內地出差，一個月才見上幾次面。我從來沒怪責過爸爸幫我取「李書松」這個怪名，因爲他最初想出來的名字是「李好帥」……然後當我爸爸碰到別人，別人就會叫他：「好帥」的爸爸！

自從媽媽過世之後，爸爸就變成了工作狂，所以我住的房子是不錯的，每個月的零用錢也比同學多。有一次爸爸提早下班，比我先回家，結果害我以爲撞鬼，差點嚇得半死。

明天是周末，所以今晚可以通宵上網。

就在我打開電腦，登入網上帳號，就發現那個暱稱叫「煮飯貓」的名校女生已將我加爲好友，並給我發出一段離線訊息：

煮飯貓：幸會幸會！想不到公子這麼聰明，解開了所有謎題。你個人簡介裡的詩很有趣，令我大笑了呢！

詩？

我這才想起，我改編了李煜的〈虞美人〉，放了在網上的個人簡介裡：

〈讀死人〉

測驗加課何時了，慘事知多少？

小弟昨日又熬夜，通宵達旦還是交白卷。

訓導主任應猶在，冷面永不改。

問君肉臉幾多油，大好青春個個變骷髏。

「煮飯貓」的狀態本來是「離開」，當我登入後，對方的狀態就亮綠燈，變成「上線」。

她在等我？

莫非真是「賭場失意，情場得意」？

唔……我李書松見慣世面，不會輕易動以眞情。再者，我有自知之明，她這種自視甚高的名校女生，又怎會看得上非名校的男生？

反正我也只是抱著玩玩的心態，開始跟她在網上用訊息談天。彼此正式打了招呼之後，她好像有個喜歡考人的怪癖，傳來一個怪問題：

煮飯貓：你知道我爲甚麼叫「煮飯貓」嗎？

我：因爲妳想嫁給小叮噹，當小叮噹的老婆，拿他百寶袋裡的道具來用。

瞎掰是我的專長。

她的問題那麼無厘頭，我的回答自然也不會正經到哪裡去。有沒有那麼久啊？就在我回答之後，她沉默了大半晌才給我回覆，害我誤會她那邊網路斷線，又或者已經嫌我太白痴而封鎖我了。

煮飯貓：爲甚麼你會想出這個答案？

我：我也不知道。靈機一動就想到了。可能是因爲妳考我的問題當中，有一條是和小叮噹有關吧？

煮飯貓：你的想像力眞豐富(=^_^=)

我：對了，現在小叮噹不是已經改名了嗎？

煮飯貓：他們愛改名是他們的事。我小時候看卡通，小叮噹就是小叮噹，誰也無權剝奪我的回憶。

我：姑娘眞有主見，果然是名校校花……聽說有數十萬男生拜倒妳的石榴裙下，每年向妳進貢的鮮花數量超過一億朵，更有傳聞說姑娘前世是清朝的公主，名爲「仙貓格格」，宮中盛傳姑娘的才氣和美貌出眾，絕世佳人，超越西施，勝過貂蟬。

煮飯貓：（＃——）你是哪裡聽來的？

我：如果可以一睹姑娘芳顏，相信我會死而無憾……

煮飯貓：你這麼問是……想要我的照片？

我：不見校花眞面目，遺憾身在網路中。

煮飯貓：老師說……網路上很多騙子和壞人，不能隨便把照片給人……

我：我本將心向明月，奈何明月照溝渠！一個會背這麼多古詩和成語的人，會是壞人嗎？

煮飯貓：畫虎畫皮難畫骨……下一句是甚麼？

我：姑娘有如此文學修養，晚生佩服萬分！正因爲憧憬姑娘品德高尚，一定履行承諾，所以才冒昧向姑娘索取美麗個人照。

煮飯貓：你哪隻眼睛看見我答應要發照片當獎賞……如果我眞有你說的那麼好，認識我就是最好的獎賞吧？

我：那個……哪有眞心交朋友，連對方的長相也不知的哩？

煮飯貓：精神上的交往也不錯啊。

我氣得差點要翻桌了！

但我知道這樣做，砸爛的只是我的電腦，爲了錢包著想，只好忍了這口氣。名校女生果然特別臭屁，特別囂張，以爲自己稍有姿色，就可以爲所欲爲……呸！今晚我決定要當壞人，欺騙她的感情，爲天下男人出口氣！

在我回覆之前，她已傳了訊息過來：

煮飯貓：你的網名是「名校王子」……不會是騙人的吧？你在哪間中學唸書？

我：對不起。爲了人身安全，我不能說。

煮飯貓：人身安全？

我：因爲我成績太好，品學兼優，年年拿一等獎學金，獎狀多得用來墊桌子，每次逛街都感覺有女生在偷拍我……所以令人嫉妒，招惹了不少仇家。

煮飯貓：希望你不是個自大狂……

我：哪會！我這個人常常被老師斥責太過謙虛呢。

煮飯貓：我感覺不到。

我：同是天涯名校人，相信妳和我有同樣的煩惱……經常被異性追求……我總是懇求追我的女生，給我一個機會，別逼我當壞人！

煮飯貓：(—.—||||

和煮飯貓之間的對話，令我想起一段痛苦的往事——

我眞的曾在名校唸書。

菁英中學的校舍，和其他中學不同，很多門戶都是鐵條製的扇骨，在外牆與天空交界之處，裝著荊棘藤蔓般的鐵絲網，整幢大樓就像歌德式建築風格的監獄。

這是一所會考生「摘A率」冠絕全區的超級名校，所有新生都要經過嚴格的篩選，錄取的學生都是精英之中的精英，小學時不曾考過第一的學生未必有面試的機會。儘管如此，每年小六分發結果出來之後，都有極多家長帶著子女在校門外紮營露宿排隊，幾百人爭一個入學名額，競爭過程比進入一流企業更加激烈。

人人都對這所名校趨之若鶩，就是因爲名牌效應在這功利社會發揮了最大的作用，而價值觀是一種傳染病，當人人都得病的時候，個體就不能獨善其身。

再加上有個風水師在電視節目上說過，菁英中學位於文昌帝旺之地，長期受文曲星照耀，加上處於龍脈要穴，日月並明，此地必出奇才英傑，飛黃騰達，爵祿昌榮，畢業生不是CEO就是政府高官……這個節目播出之後，不管有沒有根據，想進這學校的人更多了，去年排隊報名的人數破天荒破紀錄，擠破了門口玻璃，連前政府高官都親自帶兒子來叩門。

自從新校長上任之後，更宣揚「成績大過天」的暗校訓，給各級的老師施壓，要老師用盡一切邪惡手段來提高學生的成績。

校方更仿傚坊間補習班的做法，採用佣金制度，只要老師教出來的學生在公開考試摘A，一個A就可以換一筆獎金，如此經營數載，聽說校內誕生了不少年薪破百萬的新秀老師。

託老師之福，畢業生百分之百升上一流大學，而高分的祕訣在於機械式密集操練試題。三日一小測，五日一大考，測驗、考試已變成學生生活的一部分，如果有一個星期沒有試卷發下來，學生絕對會感到異常空虛和驚恐。

有時候，老師改試卷改到凌晨五點，受命以來，夙夜憂慮，廢寢忘食，比諸葛亮更勞累，眞是苦不堪言——每年都有老師因爲肩周炎和手腳麻痺而接受物理治療。

圍牆外的人想進來，圍牆內的學生想出去，對一些受不了壓力的學生來說，天天都像軍訓，夜夜都作噩夢。

——每年都有爲數不少的學生被送進精神病院和動植物公園。

「你能想像地獄是甚麼樣子嗎？來我的學校參觀吧！」

當時我的同學，都是這樣向別人介紹我們的學校。

校長姓曹，單名一個操字。

吾中二時，舉行班際戲劇比賽，吾自編自導自演，演出一齣「監獄風雲」，諷刺校政和麻木不仁的校長。

其時，吾在台上飾演一個在監獄裡賣柑的人，吐出心聲曰：

「操操操！你雖是獄長，但我不會賣帳，就是要賣爛橙給你！你這種混帳高層，只懂坐享厚祿，在冷氣房裡簽文件和翻報告，然後胡亂訂立獄規和制度，朝令夕改，愛變就變。操！我問你，你有沒有眞正走入人群裡？有沒有眞正理會監犯和獄卒的感受？倘若你眞心覺得這監獄好，爲甚麼不送你自己犯了罪的兒子來這裡蹲？哼，這監獄設施是很好，但裡面其實很臭，就和我的爛橙一樣，根本是金玉其外、敗絮其中！」

這齣舞台劇雖然大受學生好評，但曹校長把臉拉長了一尺，大爲不悅，早已有除去我這個叛逆學生之心。

我爲人就是愛出頭，不懂收斂鋒芒，常常得罪訓導主任和老師。

校內圖書館重修後，門造得太小，劣評如潮，對肥胖的同學造成極大不便，常有笨蛋絆倒，撞至頭崩額裂。

我路經該處，滿腔義憤，爲民請命，取筆在門上寫上一個「小」字，被訓導主任發現，密室召見，我便一邊抹汗，一邊辯之：

「門內添『小』字，乃……乃出自一首古詩……小門斜陽紅花開，微風細柳書香盛……描寫的正是圖書館門外的美景……」〔註〕

幸好，我成功蒙混過去，但訓導主任在曹校長面前告狀，他們便開始顧忌我了。

一日，曹校長踱步至槐樹下，看見樹幹上的一撮枯葉，有感於懷，隨口曰：「枯葉、枯葉……留之無用，棄不足惜。」

有老師跟校長說，枯葉可以用來做書籤，但校長只是搖頭嘆息。

此事輾轉傳入我的耳中，我便在熟友面前疾呼：「此事不妙！我們這些吊車尾的學生大難臨頭了！校長那句話的眞正意思是：『成績爛的學生，留級無用，不如盡早鏟除』。樹大有枯枝，校長看了就不爽，一定會有新措施，清理門戶，將成績不好的學生趕出校！」

適逢校內舉辦作文比賽，我便以「枯葉」爲題，寫了一篇文章，暗諷校長殘酷冷血，是冥王黑帝斯的現世化身……結果被張貼出來，校長偶然瞧見，滿臉笑呵呵的，心裡卻有殺意。

果然如我所料，學校推出新政，從中三開始，每級的名額逐漸減少，換句話說，就是要踢成績爛和品行不好的學生出校。

曹校長美其政策曰：

「中五升中六的學額本來就有限，我也不想耽誤學生的前途，讓一些不適合本地教育體制的同學，提早考慮出國留學這個選擇……以我校的知名度，就算學生離開，要轉學去其他學校也不是難事。如果大家有需要，校務處會幫大家寫推薦信……」

大多數同學被蒙在鼓裡，只有我看穿校長的企圖，一語道破：

「哼！假仁假義！說得這麼好聽，還不是想提高會考合格率！」

註：粵語中，「門內添小」是常用的髒話字，字義同「幹」，音近「屌」。

曹校長聞言，心惡之，視我爲眼中釘。

儘管校規嚴厲，但我精通在學校生存的潛規則，縱使到了兩個大過、兩個小過、兩個缺點的危急關頭，也能力保不失，訓導主任始終對我無可奈何。我自恃有點小聰明，考運甚好，經常從老師細微的小動作，猜中要出的題目，尤其擅長做多項選擇題及是非判斷題。所以我的成績雖然很爛，但總算爛不到底，不用怎麼溫書就取得合格分數。

可是，中二期末考前夕，曹校長向各科教師下令，最討厭混水摸魚的學生，考試不許有靠運氣的成分。

於是，各科試卷上多了「答錯題倒扣分」的超賤規則，特別針對多項選擇題及是非判斷題。

我有好幾科，最終的得分是負分，完全顛覆了我最低分是零分的概念。

中三名額減少三十個，我就是被踢走的學生之一。

塞翁失馬，焉知非福？

這種名校未必適合我，我沒有太過傷心，甚至有點慶幸。當我在那些倖存的同學眼中看見迷惘的眼神，我就知道離開未嘗不是好事。

然後，我就轉校到現在的中學，由中三開始唸起。

雖然這裡的同學層次較低，但我比較喜歡這裡，因爲這裡有讓我頹廢的空間。

另外，還有一個特別的意義——

我的媽媽曾在這裡教書。

我在網上告訴煮飯貓以前我在名校的生活，包括林林總總禍延三代的校規、僵化腐敗的制度、逼害忠良的老師、寡情薄義的同學、狐假虎威的校工……她對我是名校生一事深信不疑。

煮飯貓：不知道爲甚麼，我覺得很心寒……聽了你對學校的怨恨，我擔心你有一天會受不了，回去學校縱火……

我：姑娘此言甚是，我忽然很想進化學系，學做炸彈。

煮飯貓：你討厭讀書嗎？

我：我說我很愛讀書，讀書生活繽紛多彩，一天不讀書，三月不知肉味……妳會相信嗎？

煮飯貓：你有想過，讀書的機會是很寶貴的嗎？

我：輟學的機會更加寶貴。要不是九年義務教育累事，我應該提早離開校園，學比爾．蓋茲那樣創業。

煮飯貓：九年義務教育的原意不是這樣的。以前生活艱難，很多家庭無法讓小孩上學，政府於是推行義務教育，拯救那些失學的孩子。而且啊，在比爾・蓋茲輟學之前，他已經考上了美國排名第一的哈佛大學……

我：妳懂得眞多呢。

煮飯貓：950.4620 p.64

我：？？？

煮飯貓：這是尋找一本書的謎面。

我：謎面？

煮飯貓：我以前看了一本書，覺得很有意思。如果你解開這個謎面，告訴我你看見了甚麼，我就傳我的照片給你。

我：眞的假的？不是畫像不是掩面照？

煮飯貓：嗯。是我的正面照。

我：一言既出，下一句是甚麼？

煮飯貓：駟馬難追。

我：好！不准耍賴！妳的照片我要定了！

這個周末，我無所事事，中午去買便當的時候，路經公共圖書館。

我想起煮飯貓的話，左右張望，確定沒有熟人看見，便戴上帽子，賊頭賊腦，鬼鬼祟祟地走進圖書館。

她這次的謎面「950.4620 p.64」，很明顯是圖書館的索書號，「p.」代表的就是頁數。

我在圖書館用服務台的電腦搜索，很快便找到那本書的位置。

在社會學分類的書架上，擱著我要找的書：

「香港老照片　求學記」

我看了書名，知道是一本照片集，在心中嘀咕，著實摸不透煮飯貓的用心，打開書，隨手翻了一翻，翻到第六十四頁。

舊相片中，世界是灰褐色的，炎炎夏日下，學生的桌椅彷彿被陽光融化了，破舊的一切竟展現出一股躍然紙上的生命力。

嚴格來說，那不是一間教室，沒有四面牆，也沒有屋頂，連成爲陋室的條件也沒有——屋頂天台就是這些學生的教室。

在那個年代，教室數目嚴重不足，學生沒有自己的教室，不得不到戶外上課。

那些學生的髮型幾乎一模一樣，清湯掛麵，如一個個大野菇，仰臉望著寫滿字的黑板，凝望著老師手上那粉筆背後的美麗世界。

我問我自己，假如要在這麼破爛的環境裡讀書，到底會有怎樣的感覺？

眞奇怪呢，在照片裡看見從前的人在屋頂上課的景況，不知怎地，我一點也不覺得他們可憐……我反而覺得這樣的課堂很有趣、很好玩……

一張張充滿稚氣的臉上，塡滿了笑容，堆滿了希望。他們是眞心喜歡上學才去上學。

天然的陽光代替了燈泡，粉筆字絕不比投影片遜色，讀書郎不怕太陽曬，也不怕風雨狂，汗流浹背唸書，是一種折磨，是一種磨練，也是一種快樂。

反觀我們這一代呢？

縱使有投影機、空調設備、個人電腦……卻無法讓上課變成一件更快樂的事。

我又翻了幾頁，看了一些照片，發現以前辦班會活動，校方都給予很大的自由度，老師可以帶學生上山登高下海捉螃蟹……可能那時候的老師比較閒，才有時間和學生打成一片。

進入教室，對老師來說是件快樂的事，教學可以認眞，談笑可以輕鬆。

同時，很多人不是爲了高薪才當老師。師長們明白自己身上揹負的責任有多重，不是因爲憂慮教得不好而被校方革職，也不是擔心說錯一句話而成爲同學的笑柄。

他們是抱著滿腔熱忱去教書，在極爲有限的時間內，將自己生命裡最有價值的知識授予學生。

我想起了我已過世的媽媽。

她雖然只是從師範學院畢業，沒有大學學歷當護身符，但她從來沒有自卑。每當有人質疑她的資歷，她總是掄起手臂，朝氣勃勃地說：

「比熱誠的話，我是不會輸給任何老師的！我教出來的學生，未必個個可以考上大學，但他們都會成爲對社會有用的人！我看著學生由壞變好，由自暴自棄變成充滿希望，我就會因爲他們而自豪。」

她深受學生愛戴，每一堂課開始前，學生都會起立敬禮，在下課後，他們都會記得向她說一聲謝謝。

喪禮當天，滿場站滿了她的學生。

連我也不知從何時開始，變得很討厭讀書。

我知道，媽媽在天之靈，一定對我很失望。

學歷高未必保證前途一片光明，但沒有學歷就是死定了……

我就是不懂，爲甚麼我們的命運，會被操縱在設計試題的人手上，而我們做人的自信和夢想，就寄託在公開試答題紙的答案上。

在教室裡，我們知道只要讀書，就能考出好成績。

一旦離開了教室，我們就看不見自己的未來。

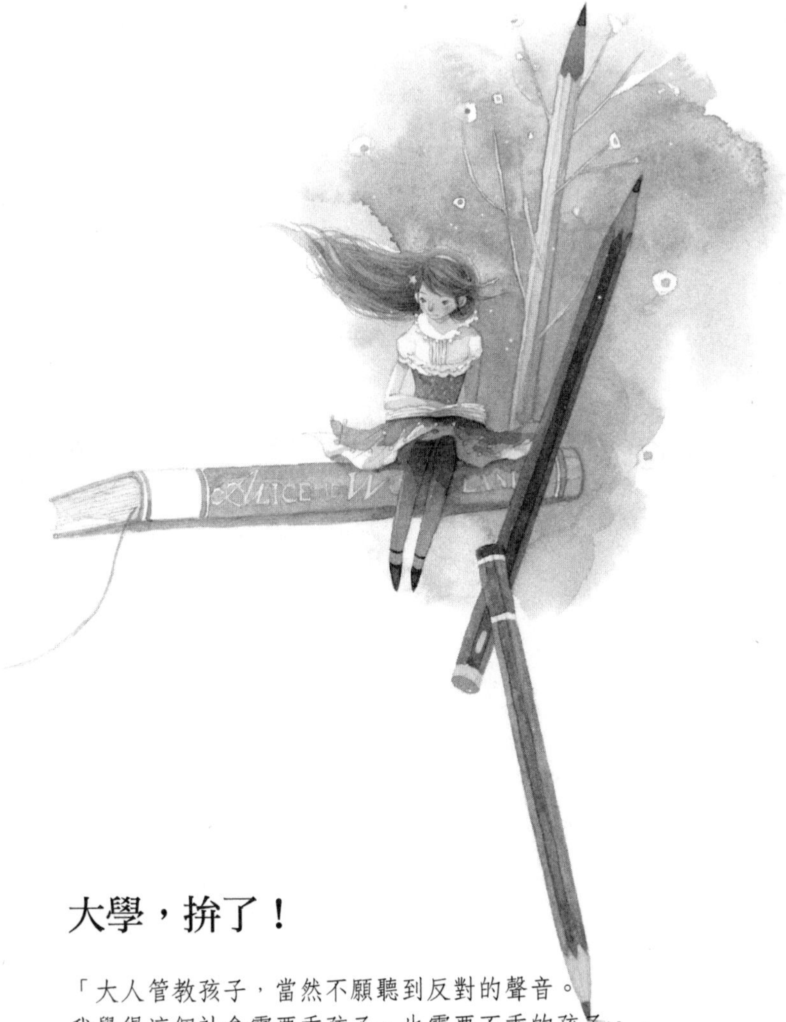

大學，拚了！

「大人管教孩子，當然不願聽到反對的聲音。
我覺得這個社會需要乖孩子，也需要不乖的孩子。」

05 念奴嬌．考生懷春

東風不來，三月的柳絮不飛。

春天不是讀書天，夏日炎炎正好眠。

枝葉茂盛的樹蔭正在迎接春天，學校在三月底宣布換季，我們改穿夏季校服上學，女同學不能再借長袖毛衣來掩飾她們的身材，所有障眼法，在烈日下無所遁形。

天氣熱得要命，我曾問過生物科的吳老師，地球會不會因爲太熱而爆炸？吳老師說要回家查一查，改天告訴我答案。

教室裡怎麼沒有冰箱？雖然可以在教室裡偷吃零食，享受做壞事的快感，但美中不足的就是不能吃冰淇淋。

中四各班的老師繼續按照會考課程來教書，繼續安排考試和補課，我就繼續混日子，過著頹不可言的生活——

分不在高，及格就成；學不在深，裝懂則靈。斯是教室，唯吾呵欠……閒時打瞌睡，調戲女同學，無讀書聲之亂耳，無習作之勞形……

自從中七生考完模擬考之後，就很久沒見過傷殘輝了。

傷殘輝留校十年，早是老主顧了，福利社的嬸嬸都會讓他賒帳，記在店裡的板子上。

大約是復活節前的兩個星期，我到福利社買汽水，嬸嬸問我：「咦！你有看見傷殘輝嗎？他很久沒來了，還欠我十九元呢！」我就跟她說，中七生已考完模擬試，全都在家裡唸書，通常不會再回校了。

她才如夢初醒，驚歎道：「對了！他是應屆考生。他在學校這麼久，我還以爲他永遠不會畢業……」

每當傷殘輝在福利社附近出現，旁人便會問：「傷殘輝，你今年又重讀了嗎？」傷殘輝嘴唇抖個不停，不服氣地說：「你怎麼這樣憑空污人清白……」旁人嚷道：「甚麼清白？我去年看見你在這裡，今年又看見你在這裡，陰魂不散，還不是重讀嗎？」

傷殘輝像啞巴吃黃蓮，腮幫子氣鼓鼓的，睜眼說瞎話：「REPEAT不算重讀……REPEAT是爲了更好的分數，再次向命運挑戰！以我的分數，去年本來可以唸副學士，但我有更高的理想……高考生的事，你們管不著！」

接著他便神經失常，拋出一大堆莫名其妙的話，甚麼「十年寒窗」，甚麼「等價交換」之類……在這時候，眾人都哄笑起來，福利社內外充滿了快活的氣氛。

我爲人重情重義，爲免傷殘輝遺臭萬年，便替他付清了欠福利社的錢，況且我覺得他明年還是會重回母校的懷抱。

泰坦尼哥的麻將桌三缺一，麻將大戰常常無法如期舉行，每到這個時候，我們就會明白傷殘輝有多重要。

阿雪也說很久沒有他的消息了——大概他在家中昏迷了。

我們也知道，打擾高考生是天下第一等壞事，是萬萬不能容赦的，阻人溫書的罪人是應該被處決的。

有一晚，十二時許，我正在玩網上遊戲「聾族」，行乞賺錢快到一千萬之時，擾人清夢的鈴聲就響起來了。

打電話來的人——竟然是傷殘輝。

「書蟲，我失眠啊……出來陪陪我好嗎？」

「你誠實面對命運吧！你註定要在重讀地獄中輪迴，因爲這是你的宿命。」

「你嘴巴眞毒呢！我才不是因爲讀書壓力大而失眠……我是因爲愛情。」

春天！春風來了！春天的腳步近了。

在深夜聽到傷殘輝這麼說，雖然令人毛骨悚然，但我還是抑制不了好奇心，便跟他約了在一間電動玩具店見面。

我討厭等人，所以通常會比約定時間遲到二十分鐘。當我走入電玩店，傷殘輝已到了，正玩著一款手槍射擊遊戲。他握著槍柄的手抖著，鼻裡喘著粗氣，有點無所適從，反應一慢，就被從暗角跳出來的喪屍咬了一口，再扣掉生命值，畫面一片鮮紅，GAME OVER……

唉！昔日的神槍手，竟然落至如斯田地。爲了讀書，就要放棄曾經最愛的消遣，正是公開考試荼毒年輕人的又一鐵證！

傷殘輝發現我來了，他的醜態畢露，不禁慚愧得無地自容。

不見了一段時日，他蒼老了很多，兩鬢如雪，臉上遍布皺紋，看來他在這段日子吃了不少苦，眞是見者傷心、聞者落淚……我竭力忍住奪眶而出的淚水，扯著他到外面，到便利商店買了兩瓶啤酒，然後來到公園，坐在灰溜溜的兒童滑梯上，舉瓶向月共酌。

有了幾分醉意之後，傷殘輝就向我吐露感情事。

他說，他愛上了一個女孩，可惜一直沒勇氣告訴她……他知道在公開試前夕應當抽刀斬情絲……但他坐立不安，滿腦子都是她的倩影，書根本讀不進腦裡，快崩潰了……

「你愛上的人是阿雪？」

我一猜，就猜中了。

傷殘輝狀甚驚愕，問我爲甚麼知道是她。

我便說：「你照照鏡子吧！肯和你做朋友的女生眞的沒幾個。」

我承認，我這個人是頗黑心的。傷殘輝誠心向我訴苦，我無意好好安慰他，白了他一眼，就說出令人難堪的話：

「大叔，你年紀也不小啦！還學人玩甚麼暗戀？很好玩嗎？單看外表，你和阿雪至少相差二十年，忘年戀沒好結果的，我勸施主一句……放下苦戀，立地成佛！」

「你是說我……癩蝦蟆想吃天鵝肉嗎？」

「欲過高考，揮刀自宮！」

聞此八字眞言，傷殘輝一臉死灰，消沉了一會之後，目光中重現光彩，又說：「中五不是有篇課文，出自《儒林外史》，叫〈范進中舉〉嗎？正如范進無論如何都要赴考一樣，我不試試追求她，如何甘心？我不想讓自己的人生留下遺憾。」

他接著向我剖白，他去年已暗暗喜歡上阿雪，懷春十月，就一直沒有勇氣表白。甚麼「一眼千年」，甚麼「回眸一笑」這等文學術語都用上了，儘管他的主修科目明明沒有文學……

「我到了這把年紀，從未談過戀愛……我對這個怪象做過詳細的分析，發現都是家族遺傳的處女情結壞事……」

不、不，你談不到戀愛是因爲外貌……但我有惻隱之心，將差點要說的話吞了下去。

「天可憐我，我終於遇到一個還未受到俗世污染的女孩，猶如籮筐底一顆未被人發現的甜美香橘。當我確定自己的感覺，我就開始相信，我一直要尋找的夢中情人，非她莫屬了……」

「阿雪家教很嚴的，她父母是早戀的極端反對派。阿雪眼光很高的，就算你爲了她去整容，她還是會嫌棄你吊兒郎當的性格。不如這樣吧，你想找未被俗世污染的女朋友，我介紹班上另一個女生給你，她叫陳秋蘭……」

醜男和醜女，性質上是非常匹配的，但傷殘輝就是對我介紹的女生沒興趣，還唱甚麼「此生只獨愛妳一人」……

雖然我不認爲阿雪是天鵝級的美女，但身爲她的好友，我有必要幫她把關，過濾素質差的男人；可是我有惻隱之心，不忍見傷殘輝飽受思春的煎熬，便想幫他一把。唉！眞是情義兩難全，左右做人難！

於是我建議傷殘輝速戰速決，馬上向阿雪示愛。

「現在去示愛？凌晨兩點示愛？」

「這才震撼嘛。」

我還哄他說，爲了表現誠意，不能打電話，要親自到她家樓下咆哮大叫。

傷殘輝被我說服了，他也想在考試前見阿雪一面。

沿著夜深人靜的街道歪歪斜斜地走路，在昏黃的燈光下，傷殘輝愼重地從口袋裡取出一張摺得方正的紙。

「這個……我還準備了情書。」

情書？我打開那張紙，發覺紙上密密麻麻寫滿「我眞心愛蔣雪妍」七字，至少兩百遍……我背脊不由得冒起冷汗，極度懷疑他到底有沒有在認眞備試，居然還有時間做這種無聊事。

「怎樣？」

「署名是『妳的傾慕者』？爲甚麼不寫眞名？」

「增加神祕感。」

傷殘輝沾沾自喜地說。我頭上頓時烏雲密布，但心裡還是稱讚他有自知之明，這樣隱藏身分示愛，就不會令收信者過度驚嚇致死。

七分酒醉三分醒，我帶他走到阿雪家樓下。我指著二樓某一扇窗，叫他將阿雪幻想成茱麗葉，只要攀上去，輕輕打開窗戶，就可以直達她的閨房。

「這樣做不會嚇到她嗎？」

「不會。她會覺得十分浪漫的。」

當我正在心裡竊笑的時候，想不到傷殘輝竟然瘋勁發作，狠狠一咬牙，骨頭就硬起來了，向著樓上發出破喉的吶喊：「蔣雪妍，我愛妳！」

由徬徨變成堅定，他連叫三大聲之後，還拾起一個鋁罐，用力扔向阿雪臥房的窗戶……接著，他像黑猩猩一樣攀上了水管……

我看得傻眼了……

背後有人大喝一聲，然後我倆被手電筒的燈光照著，凶巴巴的警衛來了。

現實中的莎翁戲碼並不浪漫，我和傷殘輝被當成小賊，爲了澄清誤會，只好向阿雪求救。

阿雪和她的爸媽穿著睡衣下來，面色自然不好看。當她的爸媽用含怨的目光盯著傷殘輝，我就知道他未來三輩子也別妄想娶阿雪爲妻。阿雪覺得丟臉死了，我懷疑她差點想對警衛說：「叔叔，我並不認識這兩個人。」

傷殘輝這時也酒醒了，慚愧得像臉上沾滿了大便，一副糗相可憐兮兮的，整個人有如窮途末路的吹氣娃娃，只要用針刺一下就會爆破。

好人終於被警衛釋放……

趁著阿雪的爸媽不在，我指著傷殘輝，對著阿雪說：「阿雪，老輝說，他即將面對公開考試，很害怕，成功的考生背後需要一個女人……妳願意做他的女人嗎？」

我代傷殘輝開口了，只見他全身僵直，面色白得像紙。

沒想到阿雪菩薩心腸，笑彎了腰之後，便勸傷殘輝不要胡思亂想，好好讀書準備公開試，她會支持他的。阿雪又拿來一隻滿是灰塵的小海豚布偶，給他當考試護身符，還答應在高考考完後好好獎勵他，請他吃飯，一起出來玩。

「好！我要成爲成功男人！成爲大學生！」

傷殘輝好像有點誤會阿雪的意思，但看著他熱血沸騰、壯志凌雲的樣子，誰也不忍說出眞相。

考試前夕就是滿懷傷感的季節。

這段期間是示愛的高峰期，我甚至懷疑比聖誕節和情人節前夕更高。大家覺得時日無多，自然氾濫出許多感覺，便賭最後一次機會示愛，反正失敗了，也不怕平日見面會尷尬。

我腦裡彷彿預見了悲劇的將來，阿雪給了傷殘輝假希望，日後必定對他造成更大的傷害，在落榜的雙重打擊下，他一個想不開就會跳樓自殺，到時候，遺書上一定會寫阿雪的名字……

我一方面擔憂，一方面期待，準備了爆米花……

就這樣，傷殘輝繼續閉關，四月高考後再見。

06 滿江紅．後現代激情版

頹廢了一個周末，我在回校的巴士裡碰見同學，閒聊一下，才知道當天有物理科的測驗。而且，此測不同彼測，乃大測也，佔全年物理科總分的20%。

禍不單行的是，我還沒買物理課本，早上七點多書局還沒開門，有心臨時抱佛腳也枉然。

臨近大測，談論考試範圍和讀書心得的人也就愈來愈多。教室裡、走廊上、花圃旁、廁所外，經常聽到有人問答：「你溫習了計算電壓的公式沒有？」「我看過了。」或者說：「我要趕快翻一翻！」

到了教室裡，同學依然七嘴八舌，多半討論考前情報和流言蜚語。

一時之間，幾乎形成一種空氣，甚至是一種壓力，如果誰沒有插嘴幾句，就好像根本沒有好好溫書，要開始著手爲自己辦喪事……

「你讀得怎麼樣？」

「當然是『死定了』啦！很多重點還不是太熟。」

「你呢？你用了多少小時複習？」

「我？昨天都在看電視，只讀了兩個鐘頭。」

我們班的書呆子就是這樣，從他們的對話中，可以見證人性中虛僞和工於心計的一面——大叫「死定了」的那位同學，結果往往大難不死，不是考八十分就是九十分以上；那位說「只讀了兩個鐘頭」的同學更不可信，將此人報告的時間乘以十，才接近此人眞正的複習時間。

眞正沒讀書的人，應該像我這樣氣定神閒，將成績看作浮雲，塵世一切名與利，都在呵欠中。

來了！來了！從樓梯下輕輕地出現了腳步聲！

來了！來了！老師的頭就像從樹上掉下來的椰子！

同學們像爲了抒發緊張的情緒，齊心慘叫了一聲。老師就在一片吵嚷聲中走入教室。每逢測驗，座位全部隔開，同學可以自由就座，陳秋蘭和CALCULATOR兩人總是躲在角落，彷彿要離開凡人萬丈，只恨不能在自己四周豎起屏障，來阻擋別人偷窺的目光。

老師拿出一大疊測驗卷，眾人心裡就發寒了。

同學們「哇」聲四起，雙手抓頭作發狂狀，死命地嘶叫，垂死掙扎地多望筆記一眼。那些環繞教室四周的叫聲和嘆氣聲，夾雜了悲、哀、怨、恨……並飽含著絕望與期待、恐懼和興奮等極端矛盾的情緒，恰如熱蠟滴落在自己背上，不吐不暢快。

「阿雪，我靠妳啦！」

我坐在阿雪後面，對她說悄悄話。

「你這傢伙眞是的。事先聲明，我眞的信心不大，你不可指望我有高分。」

「不求高分過『豬頭』，只求苟全性命於亂世。」

考卷發下，開始作答，現代人的文鬥開始。

我低頭看著空白考卷，佯裝專心做試題，腦袋其實一直沒有轉動，反而費了不少心思鑽研轉筆技巧。

這次的測驗形式是五選一選擇題，題目紙和答題紙分開，同學只須在答題紙上選擇正確答案，將方格塗色……只等阿雪做完，我就可以借她的答題紙來抄。

當然，爲了瞞天過海，我會故意抄錯幾題，並參考其他同學的答案，以阿雪的答案爲骨幹，海納百川，萬佛朝宗，寫出一份風格獨一無二的答案，保證老師不會發覺。

等待的時間漫長，我開始東張西望。

只見陳秋蘭旋風式地披頭散髮疾書，仰臉又低頭，咬唇又吐舌，看來就像被厲鬼附身。

另一邊的CALCULATOR則神色自若，由前到後細閱一次試題才提筆作答。筆不動時，靜如山，筆一動，霎時快如野火，迅速在整份考卷上蔓延。他笑了……果然深具身經百戰的大將之風。

我繼續偷瞄，鄰座的男同學察覺了，假裝沉思，低垂手臂擋住我的視線。

呸！媽的！他當我李書松是甚麼人？

測驗時間只剩十分鐘，這時候我差點睡著了，阿雪用後腳跟踢了我小腿一下，我隨即有了反應，趁無人注意，她就將填好的答題紙遞給後座的我。

過程相當順利。

我果然是犯罪天才。

正當我以為大步過關之時，就出了亂子——

監考老師一直專注做自己的私事，這時卻無緣無故地鬼迷心竅，站起來了，在教室裡踱步巡視，火眼金睛盯著每個學生。

非常倒楣的是，老師來到阿雪的座位旁，發現她桌上少了答題紙。

「蔣雪妍，妳的答題紙呢？」

「咦……發卷時我好像忘了拿……我一直在試卷上圈答案，打算到最後才填上去……」

「是眞的嗎？」

面對老師質疑的目光，阿雪快支持不住了，只要老師搜過來我這邊，人贓俱獲，就會拆穿她的謊話，到時就眞的大條了，死無罰站之地……

我自稱一休和尚的後人，電光石火之間，想出了解圍的妙計，當下不假思索馬上執行——

我呑掉了阿雪的答題紙……

生物老師教過，人類每當到了危急關頭，就會分泌腎上腺素，激發體內潛能，做出一些厲害得自己也難以置信的事。

當時阿雪正睨過來，瞥見我呑紙的壯舉，雙眼瞪得老大，呆了好一會。

結果，老師周圍找不到物證，只好放過阿雪，給她一份空白答題紙。

而我……胃好痛……

忍到下課鐘聲響起，已經死翹翹了……

□

我好像中了鉛毒，到診所看病時，醫師問我爲甚麼有這樣的感覺，我就用可憐的眼神懇求他不要再問，只要給我就醫證明書就好……

休養了三天之後，我總共攻破了三個電腦單機遊戲。回去學校，就收到壞消息，各科老師都要約見我，我留校的檔期排得密密麻麻的。

這星期只上了兩天課，本來心情很好，但放學後走入那間像刑房的教室，就覺得鬱悶了。

首先出場的是綽號「大口怪」的英文科劉老師。她找我的原因是我忘記了星期三的全年級統測，於是爲我補考，限時三十分鐘。

在一月中的大考，我憑一紙成名，成爲全年級皆知的名人。在作答英文作文的時候，我在答題紙首兩行這樣寫：

"Can I speak in Chinese?" I asked.

"Yes, you can." The teacher said.

然後我就用中文寫完整篇作文，教負責批改的劉老師哭笑不得。劉老師現在跟我翻舊帳，暗暗有責怪我的意味，警告我不可再嬉鬧惡搞，褻瀆神聖的考試。

數學科林老師闖進來了，喋喋不休，嘮嘮叨叨，就是催促我交功課。

以前有些女老師會被我氣哭……但這位數學老師很有骨氣，巾幗不讓鬚眉，而且不屈不撓，從不放棄向我討功課債，這一方面我眞是很欣賞她，能遇上這樣的好老師是我的福氣。

圖書館的負責老師也來了，扠著腰問我：「你當圖書館是你的臥房嗎？」她批評我在圖書館裡睡覺，離開時又不抹走桌上的口水，很缺德。如果她知道我偷過書，相信她會罵得更凶。

時間已經很晚，我以為可以走了，班導師就來了。李雅韻老師是中文科的科主任，和藹可親，一口純正的國語，常常引用儒家經典裡的句子。中四、中五這兩年，她負責教我們班國文。她曾借我白先勇先生的作品，又勸人多讀西方小說，例如毛姆和莫泊桑的作品……這種眞心為學生著想的老師不多，我對她有好感。

李雅韻老師說外面天氣好，便點了點我的肩膀，叫我跟她到走廊上站著聊天。

「生物和物理老師聯名向我投訴，你經常蹺課。我查過記錄，缺席率眞的慘不忍睹。」

「我體弱多病，我也不想的……」

「玉不琢，不成器。李書松，你認同這句話嗎？」

「這是哪國的諺語？怎麼我沒聽過？我只知道甚麼是『男不壞，王老五』和『女不蕩，變剩女』……」

「嘿嘿，你這小鬼眞的很愛頂嘴。如果我不是老師，應該會找人打你。」

李雅韻老師又勸了我一會，都是一些老生常談的人生道理，我只是敷衍以對，只想快點熬過去，沒想到她話題一轉，竟然提到我的媽媽。李雅韻老師在這學校教了十年，當然認識我媽媽，但她一直隻字不提，可能就是不想我尷尬。

「因為我認識你媽媽，所以知道你是個資優兒童。資優兒童的ＩＱ很高，比其他孩童早熟，自尊心也比較強，如果不小心跌倒，未必有面對挫折的勇氣。你升上中四後，有些科目比不上別人，就開始自暴自棄……英文科本來是你的強項，但你害怕輸給別人，所以才寫出那篇作文吧？」

我默不作聲，不回答，只看著操場。

接著，李雅韻老師回去教職員室，拿來一份複印文件，夾在透明文件夾裡給我。

「這是你中三期末考時的中文作文，我借來複印了一份，不瞞你，這篇文章令我很感動，感情很真摯。試以『爸爸的ＸＸ』為題寫一篇抒情文……而你的題目就寫——爸爸的棍。」

「這篇文章純粹虛構，是我杜撰出來的。」

「不。我肯定部分是真的。你這年紀的小鬼寫不出這種真摯的文章，除非是真人真事。」

我悶不吭聲。

回家的路上，我低著頭，在一片霞色之中回家。

那是一個罕見的暮霞，有幾隻怪鳥在天空中盤桓，走在暮色浸透的街道上，顛簸的腳步就像乘著風帆在海上滑行。

忽然心血來潮，就拿出李老師給我的文件夾，重讀一遍當時寫的文章——

日落的顏色映紅了原稿紙的格線。

作答選題：二

〈爸爸的棍〉

木棍，自古在「育兒兵器譜」排行第二。

昔時雪姑七友打敗魔鏡女后，靠的就是木棍。中國人深信棍頭出孝兒，狀元郎是打出來的，所以木棍就成了家家户户的生活必需品。

自幼，一瞧見掛在牆上的木棍，我就會全身顫抖，本能總是告訴我：「快逃、快逃！否則沒命！」

我爸爸是個暴力狂，用原始野蠻的方法來管教我。每當我犯錯，他就會打我，將一條木棍舞得彷彿有生命。除了木棍，他也精通鞭術，以皮帶爲鞭，一下下打得我皮肉上滿是裂痕，鞭數十，驅之別院。

有時老爸打得樂極忘形，連木棍也打斷了，還會吶喊助威，句句都是粗言穢語，耳濡目染之下，我也懂得將《三字經》倒背如流，奠定日後學習語文的基礎。

有一次，我被逼入窮巷，走投無路之下，吐出一口唾液到老爸臉上。結果那次差點死無葬身之地。我曾經發誓：「我要開始儲蓄！夠錢就離家出走！」但我欠缺恆心，至今仍做不到。就像小時候以爲有聖誕老人一樣，我也以爲老爸是個魔術師——只要怒喝一聲，地面就會出現魔法陣，然後厲害的武器就會從地面浮出來——籐條、直尺、鐵衣架……包羅萬象，應有盡有。

在我眼中，老爸是條惡棍，聲音洪亮，說話像唱山歌。他的學歷只有小學程度，和我媽媽有很大的差距。媽媽應該是因爲近視度數太深，所以才跟他在一起吧？聽說老爸曾是黑社會的一份子，如果他當時沒有半途而廢，應該可以升到很高的江湖地位，我就不用吃那麼多苦了。

媽媽不在之後，爸爸就身兼母職，不知是不是因爲我的關係，他吃頭痛藥的次數愈來愈頻繁了。每逢父親節，或者家長日前，我都會盡顯孝心，買頭痛藥給他當禮物。

去年，我提早「畢業」了，名校不留我，自有留人處。老爸知道了，不但沒有半點欣慰，還因此盛怒，由衣櫃後面抽出一條改裝過的木棍，棍上有幾根生鏽的鐵釘。

怒髮衝冠，拿木棍，全身火熱。
抬凸眼，渾身發抖，肝膽俱裂。
三十點五平均分，八十米路爬又滾。
低分恥，猶未雪；尾指恨、何時滅？

我踏破拖鞋，在街上跑了很久，回頭一望，竟然發現老爸在喘氣，扶著郵箱蹲了下來。歲月不饒人，爸爸眞的蒼老了，頭上的白髮愈來愈多。我長大了，再不是從前那個任人毆打的孩子，爲了讓老爸看見我的進步，我鼓起勇氣，來到老爸面前。

老爸舉起木棍，面色脹紅地怒吼：

「我賺錢有多辛苦，你又怎會知道！」

「我讀書有多辛苦，你又怎會明白？」

我回罵。

我愈來愈激動，衝口而出：

「爲甚麼要逼我讀書？你以爲穿著名校的校服，我就會很快樂嗎？你以爲名校生都很有教養，很善良很乖又懂得尊重別人嗎？同學的爸爸不是名人，就是有錢人，人家瞧不起我們，你又知道嗎？那種名校，根本不適合我們這種下等人！爲甚麼人與人之間就要不停比較？我讀書好不好，考得好不好，這條命是我的，關你屁事！」

眞理是無敵的，在老爸逼我讀書的同時，他又何曾想過自己當年的成績也是很爛呢？

「罷了罷了……」

老爸拋走了木棍。

我從地上拾起木棍，老爸背對著我……我當然不是想報復，而是履行好市民的責任，把垃圾棄置在垃圾桶裡。

自此以後，老爸就沒有再逼我讀書了。

他——變成了悶棍。

□

回到家裡，依然是一樣漆黑，一樣沒有家庭溫暖。

中三轉校後，我的爸爸就變成一個行李箱——他忙於工作，經常往內地出差，當行李箱不在客廳的時候，我就一定看不到他，現在他在我腦海中的模樣確實有點模糊了。

每個月，他都記得按時將錢放在我的書桌上。

也許他是覺得我這不肖子沒有希望，這麼拚命工作，就是想多留一點遺產給我吧？

在我寂寞的十六歲，我經常上網。

線上的朋友不多，煮飯貓的名字亮著綠燈。看見她的暱稱，我就很希望有人可以為我做頓晚飯，這樣我就不用吃泡麵了。

經過半個月的閒談，我和她變熟絡了。

解開那個「950.4620 p.64」的謎題之後，煮飯貓真的履行承諾讓我看她的照片，將正面照傳給我——沒錯是正面照，但居然只是她六歲時的照片！

太卑鄙了！那次之後，我一直「騙子、騙子」地叫她。

她每次的回應只是個表情符號：

「:P」（吐舌頭）

不過，看她小時候的照片，眞的是個小美人胚子，就是不知會不會女大十八變，小時天鵝，大時恐龍，這樣的例子比比皆是。

我：騙子！哪有女主角到現在還沒亮相的！

煮飯貓：嗨！你還沒放棄啊……今晚這麼早？

我：我決定要認眞唸書啦!!我想找補習班。妳有沒有推薦的？

煮飯貓：你需要補習？

我：少壯不補習，老大徒傷悲。這年頭，不只是老婆，連老師都是外面的好！補習班經常猜中題目，我覺得有些內幕，也許補習班的幕後股東就是教育局的員工……

煮飯貓：你想太多了……名校王子想補哪一科？

我：十全大補！最好是偏遠一點的地區，我想隱藏實力，不想碰到同學。我對導師的要求也不高，漂亮和低胸就夠了。

煮飯貓：你……你將補習班當甚麼地方啦……我建議你先補一科，試試看。

我：物理科吧。我蹺了太多課。

煮飯貓：蹺課？

我：對啊！老師教的東西太簡單了，我無師自通，將物理學玩弄於股掌之間。只不過，我想學得更深入，希望將來在天上發現一顆新星，然後用妳的名字來命名。

煮飯貓：我覺得物理學很難啊……你要找物理學名師的話。等等。我給你一個網頁看看。

（打開煮飯貓給我的網站，我大失所望。）

我：男人？長得這麼醜，爲甚麼可以當補習天王？他的頭……應該可以通過條碼掃瞄器吧？

煮飯貓：你眞沒口德！他教得眞的很好。

我：妳怎麼知道？

煮飯貓：因爲我正在上他的課。

我：妳妳妳在他那裡補習？不是騙我吧？也就是說，如果我去他的班上課就能見到妳嘍？

煮飯貓：可以這麼說……

我：我明天就去報名。我們對學問的追求是刻不容緩的。這位名師不賣弄外表，還可以在補習界屹立不倒，證明他是實力派。

煮飯貓：我很懷疑你補習的目的……

我：對了。妳在哪間中學唸書？

煮飯貓：我沒告訴你啊？杏壇女書院。

我：杏壇女書院？那間傳說中的女校！妳們的校服曾被雜誌評選爲最美的校服！由日本時裝大師水野亞美設計，性感卻不落俗套，誘惑得體大方……由於校服在拍賣網上屢創高價，所以妳們學校對買賣校服的管制極嚴，我有朋友想買也買不到……

煮飯貓：你這麼說，我忽然有點怕見你……

我：一言爲定，我跟妳約定了啦！在補習班相認！

煮飯貓：喵(=^_^=)

07 陳秋蘭計算機列傳

因爲風超速了，所以上學的路倍感難行。

在這風光明媚的早上，我心情爽朗，心中充滿了對生命的嚮往和期待。

換作以前的我，遇到這麼大的疾風，應該早就折返回家睡覺，又或者色迷迷地期待前方女生的裙子被風吹起……現在的我，已經歷過青春期的洗禮，身心變成熟了，成熟得可以獨個兒上補習班啦。

爲了一睹「煮飯貓」的眞面目，我竟然報名了補習班！我行動如此迅速，又親自到大老遠的補習班報名，捫心自問，就是爲了一段在補習班裡發生的艷遇。

至於能否在補習班裡學有所成，對我來說毫不重要，只要成功得到她的歡心，她讀書讀得好，將來由她來養我就好了。就好像泰坦尼哥，終日看來無所事事，上館子都是由珊姊掏錢請他吃飯……現在的潮流，就是找個好伴侶比考第一重要，所以我的價值觀是很正確的。

再過兩天……就是補習班開課的日子。

SHIT—！

因爲我沒留心走路，踩中了狗大便。

我擔心自己的窘態被人瞧見，趕快看看周圍，發覺蔣雪妍就在後面。

「哈哈，阿雪，這麼早？我知道，妳很能守祕密……要不要由我來請妳吃早餐呀？」

我正想拍拍她的肩膀打個招呼，她卻縮起肩膀，好像怕我手上有痲疹一樣。

「妳怎麼了？」

她一言不發地走開了，留下毫無頭緒的我。

怎麼會？

平時善良得只會用杯子蓋住螞蟻而不捏死牠的蔣雪妍，竟然避開我？

我一定是認錯人了，也許，阿雪有個孿生妹妹……

怪事接踵而來，或在上廁所的時候，或在飲水機前喝水的時候，或在儲物櫃前取書的時候……同學們投在我身上的目光都是怪怪的。我曾懷疑最近敷面膜的事被發覺了，但照一照鏡子，並無異狀，可能只是自己多疑了。

我一直懶得背課表，每次站在儲物櫃前，就會問身邊的同學：

「第一節是哪一科？」

身邊三個女同學當中，有一個是陳秋蘭。

當然，這醜女不在我視線範圍之內。

怎料另外兩個女同學一瞧見我，便露出教人摸不著頭腦的怪異表情，喁喁私語，格格發笑，不約而同望向陳秋蘭，掩著半邊嘴不說話。

我的好奇心誘使我看了陳秋蘭一眼。

救命……很難受呀……我的眼睛呀。戴上髮夾的陳秋蘭露出發黃的牙齒獰笑，真的像一個綁辮子的老太婆在拈花扮俏。

更恐怖的事發生了。

她臉紅了，貌似雌性食人花很快樂地準備開口吃獵物一樣。

「陳秋蘭，妳來回答李書松的問題。」

「……」

陳秋蘭掩面走了，整個動作做得真像「侏羅紀公園」第二集裡出現的速龍。

世界變得空洞洞的，我默默回想這幾秒間發生的事。

陳秋蘭暗戀我？

雖然有一點意外，但細心一想，還是合情合理的。

雖然我個子不算很高，但比班上同學的平均值還是高出一點。論樣貌，在我們班書呆子之中，我算是一枝獨秀的了……

哦！難怪她上星期過來我的座位，問我交了筆記的影印費沒有……原來是個藉口。

阿雪說從未聽過有女同學暗戀我的傳聞，這一點我透徹地明白，女人就是這樣的生物，她將對我的愛意藏於心底，所以不希望我接觸其他女同學。這樣說來，暗戀我的人應該不少呢。

哦！我又突然想到，莫非阿雪早上逃避我的原因和陳秋蘭有關？哦……理解了人情世故之後，我漸漸明白，她一定是爭風吃醋……我身上揹負著太多罪孽了，一時之間覺得難以負荷。

鈴鈴鈴鈴——

鐘聲響了，排隊進教室期間，那群平日不太來往的同學同一時間瞧著我，煞有介事，我就知道一定是事有蹺蹊，非尋個水落石出不可。

「我臉上有甚麼嗎？」

「沒有。」

「我頭上或身上有甚麼嗎？」

「沒有。」

「那你們幹嘛用這麼奇怪的眼神看我？」

「因爲……嘿嘿，想不到你……」

「想不到我甚麼？快說。」

這些傢伙朝左向右，搖頭的動作都很一致，嘴角同一時間歪向一邊偷笑。

我感覺很不自在，但無論怎麼軟硬並施、費盡脣舌、掄起拳頭，他們還是不肯透露半句，令我氣得差點想把他們綑綁起來，逐一屈打成招。

WTF！這世界到底發生了甚麼事？

□

今天的風有點怪，就像由拾破爛的電器店買回來的電風扇，一時強一時弱，斷斷續續，無聲吹起了波瀾……

我覺得身邊的每個同學都戴著有色眼鏡看我。環繞我的似乎是不停重播的訕笑聲。

我做了甚麼壞事被揭發了麼？

平生常做虧心事的我，早已不怕夜半的敲門聲，但我還是想知道飽受冷眼的原因。

莫非我喝醉後做了錯事嗎？不會的，我酒量很好。難道健康檢查的報告發下來了？不會的，我身體健康，不會有甚麼惡疾……且慢，有一次泰坦尼哥指頭流血，我爲他貼ＯＫ繃，難道就是這樣，我感染了愛滋病……

愈想愈害怕，愈害怕愈想尋找眞相，我終於忍耐不住，在換教室的時候，插入女同學的隊伍裡，死纏著阿雪，要她明明白白地向我解釋一切。

她嘆了一口氣，一會兒看我，一會兒又看著隊伍前方的陳秋蘭。

這個眼神令我明白事態嚴重到紅色警戒的程度。

謎底，就在阿雪給我看相片的一刻解開了。

那是三個星期前拍攝的全班合照，現在印出來了，班長用迴紋針扣在班號人名表上傳閱，讓同學簽名訂購。

我在最後一排找到了自己……

看見照片中的自己，我差點嚇得魂飛魄散……那個我斜著眼睛，視線正好落在前排陳秋蘭的——媽呀！竟然是落在她的胸脯上！

照片中的我翹起了嘴角，疑似淫笑，別人一定是產生錯覺，以爲我……

「我想你應該明白……昨天放學你一離開，留下來的同學看到這張相片，都在討論你和陳同學的事。」

晴天霹靂！

爲甚麼是她？

這是立體物件轉成平面相片的視覺偏差。

冤枉呀！那一刻我的確是在看她，卻是看她的頭髮，純粹出於好奇心數一數她的白髮……

請相信我……她是蛇髮女魔頭梅杜莎，一看她的臉，身體就會僵化，然後昏迷變成植物人……我何來勇氣對她有半點色情的幻想！

阿雪半信半疑地接受了我的解釋。

爲了逃避殘酷的現實，我需要時間冷靜一下，便決定蹺課半天，到圖書館那邊小睡片刻。

Zzzzzz……

□

當我回去教室上課的時候，已經日上三竿，當時英文課恰好結束，再過一節課，就到萬眾期待的午休時段。

一進教室，就看見陳秋蘭哭得很厲害，兩個眼圈都紅了，全身都在顫抖。

「她爲甚麼哭？」我心虛地問。

後面的男同學指一指桌面，我瞧見了桌上那張畫滿紅圈的紙，立刻恍然大悟，原來今天是發考卷的日子。

我拿起自己桌上的測驗卷，看了看分數，漫不經心地放下。

「她考得不好嗎？」我小聲地問。

「隔壁班比我們早一天發考卷，陳秋蘭知道隔壁班最高的分數是七十九，於是取笑那個同學：『哼！這個分數就是最高分啦？你們班的水平眞低啊！』剛剛測驗卷發下來，這次的題目陷阱重重，她也遭暗算了，只有七十九分，與那同學同分。」

活該！我再細心欣賞陳秋蘭的哭聲，只覺從未聽過如此動聽的樂章，不由得心曠神怡。

與此同時，又聽見別的抽泣聲。

眼淚一滴滴落在桌上，哭泣的人是CALCULATOR。他用手壓住測驗卷，我好不容易才偷偷瞧上一眼，分數眞的低得可憐。

班中皆知CALCULATOR數理化天下第一，語文方面卻是大白痴一個。班主任也勸過他好幾次，請君學好中英文，否則語文科不合格就升不上中六。

比起陳秋蘭，CALCULATOR哭得很沒面子。我輕輕拍著他的肩膀，眼裡沒有任何鄙視的成分，只充滿了友愛……並故意把自己的測驗卷拿給他看。

我的眼神在說：看啊！雖然我也是不及格，但我的分數還是比你高出一點……

他傷心得幾欲暈倒。

我卑鄙嗎？不，我是以成績來刺激同學的奮鬥心，此乃良性競爭……更何況，難得有機會打落水狗，這種機會怎可錯過？

下一節課的老師被這兩人弄得不知如何是好。

CALCULATOR首先停止哭泣，陳秋蘭見無人陪哭，又哭得更厲害了，呼吸變得困難，伸出一隻猶如在泥沼裡掙扎的手，臉紅窒息，向人求救。可以因爲測驗低分而哭死的人，當今世上也許只有她一個了。

「有誰可以送她到保健室？」

老師語畢，一雙雙眼睛如燈籠般懸掛在我身上，形成強大的壓迫感。

「李書松很樂意做這件差事，讓他去做吧！」

這班渾蛋竟然想撮合我和陳秋蘭？

去你的！你們給我小心一點！

我堅決不去，其他同學的話說得更離譜、更難聽了。老師多管閒事，問起何事，有同學瞎編了一個故事。我睜大雙眼望向那位同學，他說的事我沒經歷過，可是故事中的主角就是我啊！

這群同學眞幼稚！讀書壓力眞的很大嗎？令他們集體喪失人性了。

再不澄清的話，這件事就會傳遍班級，傳遍教職員室，傳遍整個網際網路……

我望向阿雪，用眼神求助，請她爲我洗冤……

「嘿嘿，你的樣子和她的確有夫妻相呢！」

校長啊，我想退學！

麻煩幫我約社工，我需要心理輔導！

英文科不合格對CALCULATOR的打擊果然沉重。

今天，我發現他的電腦上蓋了布套，放學後他沒有埋首做數學練習題。

對一個「機不離手、機亡人亡」的理科人來說，在奮戰的時間把電腦蓋起來，正如劍客還刀入鞘一樣，喪失了戰意和鬥志。

「書蟲，帶我頹廢一天吧。做甚麼也好，總之我不想再碰書本。」

此話竟然出自CALCULATOR口中，太陽眞是由西邊升起來了。

「你開玩笑吧？」

「不，我是認眞的。」

「認眞到甚麼程度？」

「我已不計較任何考試上的成敗得失。」

「你爲甚麼找我？」

「因爲我覺得論『頹廢』兩字，在你身上已演變成一種行爲藝術，或稱之爲精神活動，全校一千個學生沒一個比得上你。」

「好！你有眼光，跟著我走吧。」

第一個掠過我腦海的念頭就是教他打麻將，敲詐他這種書呆子的錢一定很容易。但聽說他家境清貧，父母勞燕雙飛，賺的錢僅夠一家餬口，如果我欺騙了窮書生的錢，只怕會有可怕的報應。最近傷殘輝爲了準備高考，已經和歷屆試題集融爲一體，我胸懷一股閒情逸致無處發洩，便陪一陪這個在腐敗的考試制度裡迷失自我的高材生。

怎料一踏出校門，CALCULATOR便抱怨道：

「本來那份卷我可以做得更好，就是犯了一些太顯淺的錯誤……」

「你不是說過隻字不提成績的事嗎？」

「這個……這個和成績沒有關係，我只是在抒發自己的感受。」

屁！此話矛盾至極，難怪他文理結構和垃圾車裡的東西一樣亂。

我和他一路上話不多，有時候是他說一大段話我回半句，有時候是我只顧撫弄書包上的麻將牌吊飾。正當大家納悶地眺望前方風景，他很突然地說：

「書蟲，希望你不要介意，我想問你關於感情方面的問題。」

「甚麼感情問題？」

「你對陳秋蘭到底是不是認眞的？」

我感覺我的魂魄由嘴裡飄了一半出來。

謠言已傳入CALCULATOR這個與世脫節的單細胞生物耳中，我想謠言的覆蓋範圍已比任何網路還要廣，甚至連美國總統和英國首相都知道了。

「其實……我覺得陳秋蘭長得很……很醜。哎呀，失禮，這只是我的個人觀點，說了一些你不中聽的話，希望你不會怪我。」

「你觀察力眞強，這個事實你這麼早就發現了……」

「坦白說，我在班上最討厭的人就是陳秋蘭。」

「……」

「所以，我覺得你很偉大，很有勇氣，爲民除害，是我眼中的大英雄。」

我也坦白地說，我最討厭的人也是她……唉，現在還有誰會相信我呢？我的境況又和遭小人陷害、被貶官的歐陽修有甚麼分別呢？

「我們現在去哪？」

「喂，我們現在去哪？」

「喂，你是大明湖嗎？怎麼含蓄不作聲？」

直到CALCULATOR呼喊第三次，我才從腦細胞缺氧的狀態復活過來。在我暴力警告之下，他不敢再在我面前提起陳秋蘭這個人，還被逼替我在班上散播「蘭松不兩立」的宣言。

訓斥一頓之後，我才回答他的問題：

「去電動玩具店，你有興趣嗎？」

「嗄？穿著校服也可以進去嗎？」

「打桌球呢？」

「這個我不懂。」

「……那去你家吧。」

最後決定就是去CALCULATOR的家。

他本來不太願意，但在不抽菸、不喝酒、不去人煙稠密的鬧市，也不去僻靜黑暗的地方的大前提下，我跟他說：「你想頹廢的話快滾回家睡覺吧！」CALCULATOR的家原來離校很近，經過路口，再走一分鐘就到了。

他住在一幢沒有電梯的老公寓。

拾級而上，兩旁都是彷彿被岩漿侵蝕過的破爛牆壁，空氣裡都是炭黑色的懸浮粒子。爬了大約五層樓，我流著熱汗，喘著粗氣，而身邊的CALCULATOR竟然面不改色，就在一道門前停下，一面取出鑰匙，一面說：「到了。」

眼前出現的是整潔的大廳，正中央掛著一幅對聯，引人注目，唸出來就是：

燕雀豈知鴻鵠志　刻苦求圓菁英夢

常人看了這兩句，總會情不自禁地慨嘆一聲：「還是讀書好！」CALCULATOR自負地說：「我爸靠幫人寫書法營生，這是他寫給我的。」

果然，牆上還有一幅裱起的書法，竟是荀子的〈勸學〉：「青，取之於藍，而青於藍；冰，水為之，而寒於水……」

另一堵牆前擱著一台陳舊的電視機，就像個殘而不廢的老人，積滿灰塵，這種電視我連遙控器也不想碰。此外，便不見在一般青少年家中會出現的個人電腦、音響組合或電玩遊戲機……令人不禁大呼一聲：「汝眞是清心寡慾耶！」

屋裡有個角落以木板築牆分隔，我好奇地靠近去看，那是一間小房間。四壁沒有壁紙——這個說法不對——滿室盈牆都貼滿了一百分的試卷，還有一些獎狀，這些都是屬於他的，將試卷當成壁紙，眞是虧他一家人想得出來。

小房間裡只有一桌一椅，此外不見其他雜物。

CALCULATOR告訴我那是他用功的地方。

「裡頭沒窗沒燈，日間已經這麼昏暗，你晚上怎麼可以在這兒讀書呢？」

接著他爲我示範一次，拉上窗簾，打開大廳的白光燈。奇妙的情景發生了，原來那向外的木板牆上有個圓孔，光線可以穿過，以四十五度角斜照在書桌上。

「這是仿照古人鑿壁偷光而造的學習環境，可以大大提高我的集中力。」

佩服佩服……

讀書人不愧是讀書人，對求學環境的布置一絲不苟，我又上了寶貴的一課……我舉目望向臥房那邊，看看床上是否吊著苦膽及鋪著柴薪……

我又發現，他家中的橫梁貼滿一排符咒，都是他媽媽到各地的文昌廟求回來的靈籤，餐桌上有一盆插過香、拜過神的橘子和蘋果，而整個家的布局應用了風水學，文昌位上有個三十七寸長的金算盤，插四枝開運竹，懸四支大毛筆，掛著一幅開過光的「魁星踢斗圖」。

我隨手亂翻，相簿裡沒有家人的照片，居然全是歷屆會考狀元的剪報，他們的頭上都被畫了個紅色標靶，不明就裡的人看了，說不定以爲這些是暗殺的目標。書架上排滿了勵志故事書和參考書，而玄關貼著一幅特製的日曆，日數顯示還剩四百多天……全家人已經開始爲會考倒數了。

我在書房逗留了一會，發覺CALCULATOR用腳把書桌最底部的抽屜踢了進去。

這個不自然的動作逃不過我的眼睛。

我的偵探頭腦和男性本能告訴我，那抽屜裡一定藏著祕密。我吹了一下口哨，借故分散他的注意力，便轉身蹲下來打開抽屜，翻看裡面的東西，只有一堆書法用品。

只見CALCULATOR神色慌張地阻止我，我暗暗肯定有甚麼地方不對勁，靈機一動，就把整個抽屜拉了出來，伸手往抽屜後面的空間一抓，果然搜出幾本封面紙質觸感特殊的書刊。

「哈哈，我發現了，你竟然在家裡收藏色情……咦……」

非色情刊物也，看清楚封面，原來只是漫畫雜誌和愛情小說……

隔了半晌，我禁不住問：

「看這種書，也要偷偷摸摸嗎？」

「爸媽知道我有時間看這種閒書，會以爲我無心向學，一定會打死我的……快還我！」

「你急甚麼!?」

我條件反射地打開書，殊不知拉拉扯扯的同時，有張照片從書裡掉了出來……

照片的女主角是蔣雪妍……

「……」

「……」

「……」

沉默是金。

想不到蔣雪妍這傢伙頗受男生歡迎呢。

CALCULATOR確實有本事，竟然弄來了阿雪的個人沙龍照。

「阿雪有甚麼好呢？值得你暗戀她？」

「她……」

「人證物證俱全，你不承認也不行了。」

「對！任何人都會喜歡人，我自然也不例外！只不過爲了追尋更崇高、更遠大的理想，我不得不放棄現在喜歡的人！先天下之憂而憂，後天下之樂而樂！」

雖然他說得一臉正氣，我卻不知爲甚麼很想大吐。

CALCULATOR很認眞地問我：

「書蟲，我上大學才談戀愛，你會覺得太遲嗎？」

我搖了搖頭，一口氣說下去：

「去你的。第一，戀愛這東西不是你想談就談的。第二，讀書再厲害也不等於你有吸引女性的魅力，你不學學做人，上了大學依然是個討厭的傢伙，依然沒人愛。最後，我不得不爲蔣雪妍說句話，儘管她HAD BEEN BEING（由過去延續到現在進行式）沒男人要的女人，不代表她的品味有問題，你這種長得像火星人的怪胎，她是一定不會接受的。你死了這條心吧！」

CALCULATOR頓時無話可說。

我心想時候差不多了，就接到泰坦尼哥的電話，他問我今晚要不要出去玩。

約好一聚之後，我就對著CALCULATOR問：

「我要走了，約了一個朋友一起做頹廢青年應該做的事，你來不來？」

「不。」他直截了當。

「你不是要頹廢的嗎？」我又問。

「我在家裡頹廢就行了，太晚外出爸媽會罵的。」

「(╬￣皿￣)凸（比中指）」

「話說回來，我想到怎樣反駁你剛才的論點了。根據新派的進化論，女人擇偶的首要條件不是男人的外表，而是看一個男人夠不夠強。以現代人的觀點，讀書好就可以上一流大學，學歷高就可以成爲高薪族，所以讀書好的男人就是很強的好男人……」

他的腦漿是不是變成了墨水？讀書和談戀愛又有甚麼關係？

再在這種人的家待下去我會死的。

我納悶地關上他家大門，走了。

空氣還是一樣的污濁。

08 青玉案．壽誕

窈窕淑女，君子好逑，求之不得，輾轉反側……

詩經的開卷就是這一首詩，兒女私情是值得歌頌的，連古代聖賢都不容否認。

我半夜爬了起床，側身滾出客廳，伸手摸進唱片架最下層封滿蜘蛛網的一格，取出貝多芬的ＣＤ。

夜半聽古典音樂，感覺眞詭異。

我知道有件改變我一生的大事即將發生，而這件事居然是去補習班。

我現在罹患的是「試前恐懼症」的變化症，病名爲「陌生網友恐懼症」。

未見試卷，學生緊張，低頭苦思會出甚麼題目？同樣道理，未見網友，也會猜想她到底是西施還是東豬？未開封的試卷和未亮相的網友在本質上並無差別……現場廣播警告考生不准翻開試題，你卻要在放著試卷的座位前靜待，飽受坐立不安的煎熬。

由於昨晚睡得不好，我迷迷糊糊回到學校，然後由第一節課開始補眠，連下課時間都沒離開過教室半步。

午飯後就是化學課，一想到可以在舒適的實驗室睡覺，我竟然殷盼上課的鐘聲快點響起。

Zzzzzz……

放學的鐘聲一響，我就醒了過來。

當我精神飽滿地走下樓梯，阿雪突然用書包打了我屁股一下。

「放學啦！書蟲，我要去買東西，你要陪我嗎？」

「對不起，我很忙。」

「你忙甚麼？」

「我要去補習班。」

阿雪好像聽到世上最不可思議的事，兩隻眼睛瞪得比自己的胸部還大。

「神經病……你說眞的？」

「不瞞妳說，我最近爲情苦惱，有個漂亮大方、可愛得體、純情無敵的名校校花迷戀上我，我正考慮要和她打得火熱，還是繼續保持冰冷。」

「她是甚麼人？」

「我的網友。」

「……」

「SORRY！妳留不住我的人，也留不住我的心，再見。」

沒有多餘的解釋，也沒有猶豫地回頭，如同在雪地告別女人一般的情景，我背對一臉傷心的阿雪，離去——誰教她暗戀我不說清楚，我要去見別的女人了。

我哼著一首又一首的情歌，昂首闊步走到地鐵站，在亮面的鋼柱前仔細整理頭髮，在車廂內倚牆思考適合各種處境的開場白。

地鐵站的殘影與我的倒影交錯在車廂的玻璃掠過——

□

根據統計學的正態分布理論，A罕B稀，最頂尖的評級總是難求。和優等的成績一樣，美女亦屬罕見，所佔比例不到整體人類的10%，物以稀爲貴，美女因此成爲人人爭奪的目標。

我滿腦子都在計算煮飯貓是美女的機率。

假設同時符合P（成績好&貌美）兩個條件的機率是10%。

煮飯貓不肯讓我看她的照片，明顯缺乏自信，減5%。

喜歡下廚，非嬌生慣養的美女性格特徵，再減3%。

到了中四仍毫無戀愛經驗……整個百分比減1%。

按照我的公式，計算結果是1%，也就是說她只有1%的機率是美女。根據我多年「超級機械人大戰」的破關心得，要在命中率低於1%的情況下擊中敵機，可說是難過登天。

我這一去是凶多吉少了……希望娘親在天之靈會保佑我。

沿著兩壁掛滿廣告燈箱的隧道，走到鬧市上面，霓虹奪目，一排排補習班的招牌如茂密的繁枝般罩滿整條街道。熙熙攘攘，書卷氣中亦有油炸小吃的香味。來到這裡，我才大開眼界，本地的補習產業竟是如此蓬勃，街上的人群都是跟我一樣的少年，抱著「有病醫病，無病補身」的心態，一心要以金錢來換取成績。

我一顆心七上八下，在公廁換過便服，便上去補習班，電梯裡擠滿來自各區的學生。

因爲早到，教室尚未開放，通道人多擁擠，我只好到樓下的補習街繞一圈。補習街的地舖內外，牆上窗上都貼滿了宣傳海報，絕大部分版面都是頌揚補習名師的功德，課程簡介的字體則小得像蒼蠅。

某君自稱中英數史救世主，宣傳照裡的六尺帥照繞臂肅立，比《三國演義》裡的豪傑更威猛，似乎隨意一口氣，就可以把老虎活活吹死；再以數十名高分學生的首級，標榜出自己的實用試場價值，吸引莘莘學子報讀他的課程，即使看見的只是他的錄影畫面，亦覺物超所值，終身受用不盡。

另一張海報上，另一位補習天王做出「昇龍拳」的姿勢，我完全搞不懂他在幹甚麼……不過看來這位天王深受學生歡迎。這些海報都很有創意，最厲害的一張是補習天王和天后身穿古裝，打扮成武俠小說角色或歷史人物，背景是宇宙大爆炸的黑洞……譁眾取寵，迎合年輕人口味，在這一行才會成功。

「咦！搞笑！這個人長得很像珊姊呢！」

我看到一張大海報上的補習天后和珊姊長得有七分相似，心裡覺得好笑，只可惜不能撕下海報，帶給珊姊和泰坦尼哥看看。

眼看時間差不多，便再上去補習班，選擇走樓梯，避開了擠壓得像沙丁魚罐頭的電梯。在進入補習班教室之前，我到男廁走了一趟，整理一下儀容，直到每根頭髮的翹起角度都恰到好處，才滿意地離開男廁。

「可以進教室了。」

補習班職員第一次發聲時，我不為所動。

「報讀物理科牛定律的同學，現在可以進去啦！」

補習班職員喊第二聲時，我依然沒有動靜。

「還有沒有牛定律老師班的同學？」

直至對方叫第三聲，我才一鼓作氣走到教室門外，調勻呼吸，然後扭開門把進去。

選擇在最後一刻進去，就是我徹夜想出來的策略。

煮飯貓說過，要跟我玩一個「眾裡尋她」的遊戲，如果我能在開課前認出她，她才肯承認我是她的朋友。

我當然答應，因爲我抱著只跟美女相認的心態，只會和教室裡我覺得最漂亮的女生搭訕。如果眞的認錯人，惹了煮飯貓生氣，失去一個不是美女的朋友，這種損失只能說是輕如鴻毛，但與美女失之交臂，那種痛苦就是重如泰山。

可是，我失算了——

教室裡，竟然只有兩個女生，兩個都是醜女……我的心臟霎時停頓！

這兩個醜女並肩坐在教室的後排。

左邊那女生，像是從電影「金剛」裡走出來的大猩猩。我不得不感歎，人類的力學研究眞是偉大，竟然製造出可以承載這件龐然大物的椅子。

我消除一下腦裡的恐怖殘影，瞄向右邊的女子——神造萬物偉大，竟然用龜的形象做了一個女人出來，勾起我小時候看「忍者龜」卡通的回憶……

教室裡都是和我年紀相仿的學生，七成穿著便服，三成穿著校服，如果不把那兩位獸形人身的小姐當成女人，這一班全是男生（這是啥怪班！）。教室裡只剩下後排有空位，我坐在最後一排，偶然發現「龜小姐」有意無意地打量我，真是嚇得連寒毛都豎起來了。更可怕的是我的視線稍微向下移時，瞧見她放在桌上的練習簿，簿子上印著「杏壇女書院」的校徽。

莫非她倆其中一個就是煮飯貓？

「撤兵！撤兵！」

我腦裡響起「撤退信號」。

此時，化名「牛定律」的補習導師走進講室。牛定律老師面相奇特，面孔凹凸不平，而其條碼髮型就是他最大的特色和象徵成功的標記。

我正想抽身離去，向老師說一聲：「ＳＯＲＲＹ！我好像走錯了教室。」正打算乘機逃脫……可是牛定律見我站起，就指著我說：「這位帥哥！麻煩你幫我將布幕拉下來！」當我拉下布幕之後，他又吩咐我將筆記傳下去，完全不怕我在背後投訴他濫用師權。

到了這地步，我已錯過逃走的最佳時機，等同掉進了鱷魚潭裡……像我這種英俊小生，下課後一定會被龜小姐和金剛小姐侵犯，她們妖裙舞擺，一個露出帶血的獠牙，一個露出粗獷的腿毛，如飢似渴地撲向我，抓破我的長褲……

我在心裡大喊：「NO！DON'T EAT ME！」胡思亂想的同時，默默把書包護在胸前，做好防護動作。

突然，門把上發出「喀唰」一聲。

一雙繫著蝴蝶結的鞋子踏了進來。

她的倩影一現，萬籟就彷彿無聲。

布幕中央，有條魚沉了下去，然後又有一隻飛雁落了下來。

幕下，銀暈在她楚楚動人的眼珠中流轉，唾液在眾多男生的喉頭裡凝聚，香氣細細從垂裙的布縫裡溢出……總之，她的亮相，將我帶進美妙的詩境裡。

品評一個女人，要從體態美、容貌美和氣質美三方面著眼，而這些優點在她身上一應俱全。

「我沒騙你吧！這個補習班裡有校花級的美女。」我聽見前排的男學生竊竊私語。

「花開堪折直須折，莫待無花空折枝……下課就要向她要電話！」他的友伴淫笑以對。

少女紮著馬尾，長髮薄裙，膚色皎皎，目光盈盈，輕聲向講台正中的牛定律道歉：「對不起，我遲到了。」

牛定律的教學資歷縱然豐富，遇到如此漂亮有禮的好學生，臉上竟然一紅，用羞赧的語氣回答：「不……不礙事。我們都在……等妳。妳就坐在最前面這個位子吧……」

可是講室最前排根本沒有空位。少女姍姍來遲，覺得不好意思，逕自走向後排。她看見了我，烏溜溜的瞳孔亮了亮，眼色倉促而過。當她的視線移開我身上，我竟感到切腹般的難受。

「KIKI，妳怎麼這麼晚？」

龜小姐向她招手，她在兩位同學之間坐下，接過一份筆記，便專心望向前面的布幕。

那一刻，我有種強烈的感覺——

她就是煮飯貓！

幸好我勇敢留下，沒有逃跑，不然就錯失與一代校花邂逅的機會。一想到在網上瞎掰的甜言蜜語都是針對她的，我整個人飄飄然的。

求學是一件苦悶的事，但與美女共處一室，卻是人生一大樂事。

KIKI……剛剛她的同學是這樣稱呼她的。

原來煮飯貓的英文名叫KIKI……HELLO KITTY的「KI」。

如果我說對她一見鍾情，相信一定會挨罵：「廢話！她這麼美！哪有男人不對她一見鍾情？」

我沉湎在自己的綺夢裡，KIKI美麗的倩影在腦海裡揮之不去。自知再這樣下去會荒廢學業，我回過神來，望向前面，看見一個大芋頭。大芋頭竟然會說話？這麼有趣？拭一拭眼，定神再看，才發現原來是牛定律老師正在授課。

我來這裡是爲了甚麼？對了，其中一個目的是學好物理。我匆匆拿起那份筆記，偷看前排那男生掀開的頁面，接著翻到同一頁。牛老師的講解不是不好，只是我聽得一頭霧水，很快就對物理學的世界失去興趣。

等了二十分鐘，KIKI沒有再看過我一眼。她忙於抄寫，心無旁騖的求學態度令我感到慚愧，也令我質疑自己的魅力是否輸給了一個芋頭。

因爲不想獨自難受，我決定要讓她分心。

KIKI坐在我的前一排，中間隔著龜小姐和一位尖嘴猴腮的仁兄。我在便條紙上寫了幾行字，拍一拍那位仁兄的胳膊，拜託他幫我做一次信差。那人肯幫我這個忙，只是會錯了意，誤傳到龜小姐手中。

龜小姐讀了我的字條，咧嘴而笑，我急得想鑽個地洞到她面前奪回字條。她輕碰了KIKI的臂膀一下，KIKI便接過字條來看。我的心怦怦地亂跳，彷彿墜入了萬尺深的愛河，焦心期待她的反應。

可是，KIKI只瞥了一眼，便繼續專心聽課。

我失望透頂，暴咬筆尖，很擔心煮飯貓不是她，又擔心對方翻臉不認人……

就在我的失望變成絕望之前，又出現一線曙光。我聽到寫字聲，仰視斜前方，就看見KIKI在我傳過去的便條紙背面寫字。那張字條經過龜小姐之手，傳回我手中。字條上有KIKI秀麗的字跡，人美字美，桂花飄香紙上聞。

細看內文：

專心上課！下課才和你聊天。

煮飯貓上

太好了！證實了KIKI就是煮飯貓！我雀躍得要飛起來了。急色乃英雄本色，男人豈可服從女人的話？我當然不會就此罷休，立即動筆寫了新的字條，摺好，又託人傳到她手裡。

無心上課……都是妳害的，妳的背影太美了，我無法抽離目光。

我笑咪咪地等待回覆。

KIKI皺了皺眉，既有點無奈，又有點生氣。幸好她沒有不理我，很快回傳字條給我。

這樣傳字條，感覺和在網上聊天差不多，眞是有趣。

白痴。我不理你了:P

收到這樣的回覆，有如花盆直接摔在我頭上，尤其「我不理你了」五字有心如刀割的破壞力。痛定思痛，我繼續苦思吸引她注意我的方法。

根據婚姻註冊署的調查報告，還是傳統的求愛方法最奏效。因此，我決定寫情詩。可是，自問文學修養不夠，我唯一能做到的，就是改寫名家的作品。

身爲男人，總要熟背一些情詩——

我是天空裡的一片雲，偶爾投影在妳的波心……補習班的教室無窗，這首詩的意境不對。

美女幾時有？把酒問青天。不知告別單身，要等多少年……不行，這樣寫太悲情了。

一種相思，兩處閒愁；才下眉頭，卻上心頭……這個也不好，原詩抄錄，實在缺乏創意。

對了！我腦裡浮現起席慕蓉的〈一棵開花的樹〉。這首新詩在網上流傳甚廣，在我情竇初開的年代，我曾經暗暗背了這首詩。

如今，我將這首詩改寫，將一棵樹變爲一把椅子。

杏壇女書院是基督教學校，爲了尊重別人的宗教信仰，也要將原文中的佛改成「主」。原文的主角等了五百年才化成樹，爲了更勝一籌，我把等待的時間乘以二十，變成「一萬年」。

寫好了，便將字條傳出，期待KIKI的反應。

我忽然後悔起來，覺得自己寫的詩有點噁心：

〈一張英俊的椅〉

如何讓妳遇見我
在我最英俊的時刻
爲這
我已在洗衣板上跪了一萬年
求主讓我們結一段塵緣
主於是把我變成一把椅
放在妳上課的教室

陽光下
強壯地豎立四條鐵肢
力量就是我眞愛的證明

當妳坐下　請妳感覺
那搖晃的木板是我等待的熱情
而當妳的屁股離開我的額頭
在妳身後劇烈顫抖搖擺的
朋友哪
那不是爛椅
也不是木屑
而是我帥得驚天動地的英姿

我相信這首新詩的意境，是超脫的。

KIKI本來在正經上課，讀了我的情詩後，拿著字條的手開始抖動，然後伏在桌上，全身微微顫抖，竭力地忍笑。要是令她當眾失態，我這個才子可是難辭其咎，今晚一定內疚得睡不著。

古時周幽王烽火戲諸侯，爲求大愛，犧牲下人，簡直是我的好榜樣。所以，爲博紅顏一笑，再爛的笑話我也說得出來。

KIKI回復鎮定之後，回頭瞪了我一眼，那一眼同時帶著嗔怒與笑意，眞是看得我整副心肝都要融化了。

然後她低頭寫字，很快就給我回覆：

不准再胡鬧！晚上我有生日派對，正在考慮要不要請你，請乖乖上課。

我還沒來得及反應，她已經轉過頭，收拾心情上課，在課堂結束前，眞的沒有再回頭。

原來今天是她的生日？

我頗感驚訝，心中因爲沒準備禮物而慌張起來，翻遍書包和全身上下，身上最值錢的除了我的貞操，就只有貼在學生手冊上的學生照片。

也許，可以見我，一解相思之苦，對她來說就是最好的生日禮物。

收到KIKI的生日會邀請，即是說她對我有好感？

那一刻，我心裡有衝上雲霄的感覺……

09 論人、論梯子

網上，曾經出現過這樣的思辯題：

「女人書讀愈多，樣子就會愈醜。」

女人只要會煮飯就好了，讀這麼多書幹嘛？女子無才男人敢娶，女子才高八斗只會令男人摔跟頭，陷入追求者稀絕的萬劫不復之地。

亦有人反駁，他們身邊的確有品學兼優的美女朋友。

「也許你會偶然發現一些女學生成績好又長得甜美，但這些人只是極爲罕見的例子，所佔人數一定不超過整體的1%，百中無一。用統計學的術語來說，這結果是可以忽視的。」

我推文之後，亦提出精闢的見解，指出他們犯了思考本末倒置的毛病。

「醜是因，沒戀愛而學業專一才是果。想讀書必先毀容，保證進步神速。」

直至今天，我依然對「女生學業成績與相貌QUALITY成反比」的理論深信不疑。

KIKI的出現，不僅沒有顚覆我的信念，反而鞏固了我的決心，因爲我知道她就是那百中僅一的特例，100%的1%，遇見她簡直是前生修來的福分。

課堂結束之前，我坐這邊看那邊，無心向學，眼裡彷彿只有KIKI的背影。補習班裡瀰漫著異樣的氣氛，我發覺偷瞄KIKI的小人著實不少，又偷聽到KIKI身旁的金剛小姐有所誤會，飄飄然地說：「妳覺不覺得經常有人在看我？」

好不容易，終於熬到補習班下課。

這時候，一大群男生好像蠢蠢欲動，站起來想向KIKI搭訕要電話。當KIKI在眾目睽睽之下走向我，我感覺到眾多嫉妒、激憤和不甘心的情緒，同時排山倒海地湧過來，然後佳人來到面前，室內好像發生了七級大地震，震碎了他們的心。

那種感覺，美妙極了。

「你給我的感覺，和我在網上認識的你一模一樣！」

KIKI笑起來的時候，會有兩個笑渦。

美得令我只顧著看，忘了回應。

「同學幫我辦了個生日派對，你也來吧，好不好？」

「妳們多少人？」

「連我在內，八個。」

「讓我想想今晚有沒有甚麼特別的事……」

這猶豫片刻的舉動是免不了的，讓她覺得我太容易受誘惑，便會破壞正人君子的形象。

最後，我還要擺一擺架子才答應：「好吧！君子成人之美！妳邀請我，我不去也不行。」

今天艷福不淺呢……嘻嘻。

KIKI的膚色很白，白得一塵不染，加上皎潔的裙子，讓她看來就像個仙子。

我和KIKI並肩走著，她就在我左邊。側過臉看她，她比我矮四分之三個頭，我心裡竊喜，這不就是情侶最匹配的身高差距嗎？和她東扯西扯地聊了一會，話題是甚麼我不記得了，我只記得她很漂亮、很可愛、很甜美……我真希望現實裡有PHOTOSHOP這種修圖魔法，讓她兩個同學消失。

不知不覺，來到一個霓虹燈招牌下面，那招牌屬於某連鎖ＫＴＶ集團，我們搭乘電梯，進入預定的包廂。包廂裡已有四女，其中三個穿著校服，都是KIKI的同班同學，由於無關痛癢，姑且稱她們爲ＡＢＣＤ小姐。

「給大家介紹，他叫李書松！」

KIKI向同學介紹我。君子不憂不懼，我李書松頂天立地，見慣大場面，勇敢地走進包廂，在一大群陌生女人面前坐下來，掛上招牌笑容，嘻嘻哈哈打招呼。

我的名字，總是引起一陣笑聲，這是意料中事。

但想不到我的長相竟然引起眾人討論，還說我長得像一個老派的搞笑諧星，縱使我寬宏大量，亦不禁微微感到恚怒。我沒有音樂細胞，不喜歌唱，原來KIKI也是一樣。正當其他女生搶麥克風的時候，她就和我靜靜坐在一角，暢談風花雪月。

「對不起，我沒準備生日禮物給妳。」我道歉。

「哈，你以爲我要向你勒索生日禮物嗎？」她笑得像天使一樣。

我瞧著KIKI頭上的星形髮夾，忽然靈機一動。

恰好眼前的餐桌紙墊花紋不錯，長度適中，我先摺出筆直的摺痕，接著撕下三條紙條。在KIKI大惑不解的眼神中，施展急才，幾下工夫，就摺出了三顆紙星星。

「給妳三顆星星——這三顆星星代表了我對妳的承諾。今年之內，只要妳開口，我一定會盡力實現妳三個願望，赴湯蹈火，死而後已，在所不辭！」

講完這番話，我差點忍不住撥起頭髮。

KIKI先是怔了一怔，然後忍俊不禁，雙手接過紙星星，含笑點頭道：「謝謝公子！」

嘿嘿！我在心裡暗笑，連「憂鬱少年的微笑」這招殺手鐧還未使出，就已經擄獲芳心……

「抱歉。我要離開一會，去接一個朋友。」

KIKI站了起來，笑了笑，忽然離開房間，留下一臉惘然的我。

□

小房間的光線如紙燈籠捲著火花般亂竄，氣氛有點尷尬，我獨留在自閉的一角，變得沉默起來。

假如ABCD小姐是一道選擇題，這就是一道我會選擇放棄作答的題目。

她們在沙發上招搖地拿著遙控器點歌，胯下像血盆大口般張開，毫不把我這男人放在眼內，女性矜持對她們來說不值一文，見者可悲也。

「又是KIKI？喜歡她的人眞多呢……」

D小姐酸溜溜地說，然後像怨婦一樣嘆氣。

我呆呆坐在一旁，和一群醜女，實在沒甚麼好聊的，想起先哲聖賢「非禮勿視」的至理名言，甚至不敢多看她們一眼。

她們好像對我不感興趣，自顧自聊天，我並非故意偷聽，但對話聲自然傳入耳中：

「KIKI去接甚麼人？」

「趙公子妳也不知道？妳眞是的……」

「哦！上來時，我正奇怪怎麼訂包廂的人姓趙，現在明白啦！」

「趙公子今年中六，名校狀元，家境富裕，聽說是滿清望族的後人，太爺曾是進士……條件一級棒，簡直是人中之龍、龍中之王……連這種人都要獻殷勤，換了我是KIKI，不感動死才怪！」

透過這段側面描寫，我認識了趙公子這個人，心中有種微微不安的情緒。

桌上的小碟子裡有些茴香豆，我抓了一把，拋入嘴裡，邊嚼邊問：「KIKI……她有很多追求者嗎？」

龜小姐白了我一眼，口吐唾沫星子：「超多的！甚至有男生在校門口等她，每天給她送上熱騰騰的早餐，如此風雨不改三個星期，最後還是被她拒絕了。」

「拒絕了？」

「她總是以『學業爲重』當擋箭牌啊！」

「學業爲重？KIKI很會唸書嗎？」

「嗯……從未見她掉出全年級前三名之外。」

聽到這裡，我內心受到巨大無比的震撼。一個美若天仙的女人竟然同時成績卓越，長此下去，只會令男生不敢向她展開追求，糟蹋了她的終身幸福。爲了阻止她走上歧路，我一定要盡力將她追到手，然後同甘共苦、荒廢學業……

「帥哥！你跟KIKI是怎麼認識的？」B小姐問我。

她那個「帥」的前置詞說到我心坎裡去，本性冷酷的我也只好毫不隱瞞，將一段網上開始的緣分，如何衝破重重壁障得到她的青睞，加油添醋地說了出來。

「……我在網上發表了一首詩，KIKI看了之後，覺得我很有才情，便主動跟我交朋友了。」

「厲害！你懂得寫詩？快寫一首給我看看。」

「詩這種文體不是隨便亂寫的！正如實用性文章和文學作品的差異，沒有感興是寫不出個人眞切的感受，這個情況下寫的詩就不是好詩了……」

「才不是呢！剛剛在補習班，我看過你寫給KIKI的情詩……」龜小姐搶著說。

「那是一首怎樣的情詩？」C小姐好管閒事。

「唔……惡搞噁心，終極變態，將自己比喻爲一把爛椅，天天想貼著意中人的屁股……我只看了幾句就開始胃痛。」龜小姐口沒遮攔。

哄堂大笑，我也被逼陪笑，暗裡責罵這些傢伙膚淺。

不過，根據她們提供的情報，追求KIKI的男生多不勝數……但是，我脫穎而出，獲邀出席她的生日派對，由此可見我在她心裡的地位超然。

門，被人從外面打開。

看見KIKI回來，我臉上立刻露出喜色，正欲張口，卻瞧見她身後那個提著花束的男生，一顆熾熱的心頓時涼了一截。

他就是趙公子吧？他看著我的眼神，就像看見女廁裡有男人一樣詫異。

趙公子貌不驚人，卻很有魅力，一現身，就奪走了在場所有人的注意力，彷彿有投射燈打在他身上。他有一雙自信滿溢的眼睛，高鼻高額，每走一步，胸膛都是挺得高高的，囂張得好像隨便放個屁都會飛出十萬八千里。

「我就是社會明日的棟梁啊！」此人臉上，彷彿寫著這樣的字。

他將花束放在桌上，一言不發地坐在KIKI身旁，瞪了我一眼，然後露出笑臉。不知是否心存偏見，我就是覺得這張笑臉虛偽無比。

室內的光線紊亂，就像外太空船雷射光掃射突襲地球時的情景。

新歌來了，是一首激昂的快歌，我瞪著趙公子，他也不懷好意。

定義上，他是我的情敵。

趙公子雙臂環起，眼神咄咄逼人。包廂裡只有我和他兩個男人，四周天旋地轉，彷彿超越了時光，回到武俠小說的時代，我和他對立在著名妓院怡紅院正門前決鬥，奼紫嫣紅的脂粉裡溢出了血腥的殺氣，而我和他的眼睛都不約而同望向天下第一大美人KIKI。

「我叫趙一舉，一舉成名的一舉。我在超群中學唸中六，你呢？」

那個趙一舉向我伸出他的髒手。

超群中學，與我以前的菁英中學齊名，素有「北菁英，南超群」之頌，是無人不識的超級名校。

哼，在名校讀書很了不起嗎？甚麼趙一舉，俺就覺得這個名字太霸道，「楊修之死」這故事你聽過吧？做人不可鋒芒太露，我就代你父親替你改名為「趙不舉」吧！

我笑著和他握手，心中卻在咒罵。

「請問仁兄在哪間中學唸書？」他問。

「你不知道的。」我不屑回答。

趙一舉一聞言，眼神就變了，如同放下心頭大石，望向我的眼神如同望向雜草，認定我是在三流中學唸書。我正想發作，突然發現KIKI不安的視線，與她對望的一瞬間，漸漸融化了我的憤慨和敵意。好，今天是她的生日，我不會和任何人斤斤計較。

但趙一舉厚顏無恥，竟然坐近了KIKI！

哼，就算他死纏著KIKI，她的心還是向著我的……

「咦！原來大家還沒點飲料。你們想喝甚麼，我幫大家叫吧！」

趙一舉站起來，明明是一匹豺狼，卻佯裝成君子，與眾人談笑風生，並逐一默記所有人想喝的飲料，唯獨沒有問我。

他拿起房間的聽筒，撥零號，打去服務台。

「Hi! I would like to order some drinks. One cup of hot milk tea, two glasses of orange juice and three glasses of iced lemon tea. And...one iced cappuccino, please. Yes, make it blended, thank you. Well... We still have one drink to order... please wait a second. What can I get for you, Mr. Lee?」

這傢伙相當陰險，突然說英語，又突然轉過頭來看我，教我來不及轉換腦中的語系頻道，只能衝口而出，回答一個很遜的英語生字：

「Water......」

趙一舉嘴角掀起一絲笑意，又問：

「Distilled or mineral water?」

他說話的速度加快了，令我呆了一呆……我的腦袋正在分析剛剛的問題，龜小姐卻在旁叫嚷：「喂！他在問你要蒸餾水還是礦泉水啊！」全因她這番好管閒事的翻譯，害我出了醜，其他人訕笑了幾聲，用鄙視的目光看著我。

可惡！

其實我不是聽不懂，只是現場太吵，我根本聽不到他說甚麼……我的英文才不是那麼爛呢……而且，這家到底是甚麼怪ＫＴＶ，服務生竟然聽得懂英語……

趙一舉再說一段話，然後掛斷。

他得意洋洋，露出勝利之姿，稱讚服務生的英語還可以，本地的服務業有救啦。

可惡！他這麼說，根本就是在損我，暗示我比那服務生還不如。

ＡＢＣＤ小姐們投向趙一舉的目光充滿敬意，卻用藐視害蟲一樣的眼神看著我。

眞想把這些人的狗眼挖出來！

趙一舉倏然站起來，說要上個廁所，便離開了包廂。

我心想：「你最好掉進馬桶，永遠不再回來！」

其他女生搶著欣賞趙一舉送的花束，左一句右一句，甚麼趙公子英明體貼又有錢，將那傢伙抬舉成最理想的白馬王子……金剛小姐更向KIKI進言：「如果我是妳啊，一定非他不嫁！」

可惡！我肯定這班醜女收了趙一舉的賄賂。

眾女只顧自說自話，全不理會我的感受，好歹我也是個男人啊。我不用吃藥，也變成了透明人，真是感激上天賜給我這樣的體質。

「你悶嗎？」

太感動了！KIKI眼裡始終有我，主動跟我聊天。

「我不悶！我說過了，我願意當一把椅子，守候在一旁，妳偶然看我一眼，我就心滿意足了。」

「傻瓜……」

對了，畫虎畫皮難畫骨，知人知面不知心，我可以憑我的男性直覺告訴妳，姓趙那傢伙是個人面獸心的淫賊，對妳充滿狼子野心……正想出言提點KIKI警惕壞人，門把竟在此時扭動，先溜進房裡的竟是一段生日歌的弦聲。

雖然慢了一拍，室內的音響亦開始播放生日歌。

電視螢幕上，ＭＶ裡的男人捧著生日蛋糕，在女友家門前按下門鈴；現實裡，男服務生單手托著一個點亮蠟燭的大蛋糕，風度翩翩地放在KIKI面前。

更瀟灑的人出現在後面——

趙一舉側舉小提琴，奏出一首生日歌。

隔壁包廂的人也圍在門外看熱鬧。

趙一舉繼續耍酷，陶醉地拉著小提琴。

蛋糕，不是一般的蛋糕，而是在五星級酒店訂的頂級蛋糕。

琴藝，不是普通人的水準，而是專業管弦樂團成員的表演級數。

一曲既罷，掌聲四起！

眾女興奮得尖叫狂呼。趙一舉演奏完畢，竟裝模作樣地向四周的好管閒事之徒敬禮，到了最後，那個最深情的目光，如大家所料般落在女主角身上——

KIKI靦腆地笑了笑，樣子甜美。

群眾向這對佳人致以的掌聲更激烈了！

媽的，姓趙的把這裡當成大會堂演奏廳嗎？不過……身爲男人，我也不得不承認他那姿態表現出來的氣質眞的很優雅，女人很難不向他投以深深愛慕的目光。

我輸了，這是我霎時最強烈的感覺。

再看看自己的身體，開始被透明的色調逐漸侵蝕……HELP！救命呀！

□

趙公子是名副其實的貴公子。

鮮花、音樂、貴禮……甚麼有錢人可以做的把戲，他都做了。

他送給KIKI的禮物，是個包裝極其華麗的盒子，我覺得盒裡放的是鑽石也不足爲奇。隨盒附上一張別緻的鑲金箔賀卡，一看便知是高價品。

看到此人爲KIKI做的一切，我首次感到完全不敵。

換了我是女人，也會選擇趙一舉這個明日的社會棟梁，被他的自信和真誠迷倒。

比起他，我這窮小子根本做不到那種規模的示愛行動，我用爛紙摺成的三顆星星只能博她一笑，之後只會被她當成垃圾扔掉。

KIKI打開那張賀卡不久，卡片就被那個超級潑辣的龜小姐搶走了。

活該！依我看，這個毫無品德的女人會大聲朗讀出卡上寫的字句，教趙一舉大大丟臉。

事情未能如我所願發展下去，龜小姐看完那張卡，雙眼變得通紅，似有淚水溢出，遂而有感而發地問：

「這首英文詩寫得眞好，你會考英文一定是A吧？寫作、閱讀、聆聽、口試四份考卷都是全A喔？」

趙一舉狀甚驚奇地問：

「妳怎麼知道的？」

全體女生譁然，然後開始追問他的會考成績。

「喂，趙大哥，告訴我們你會考的天梯（註）數目吧！」

「不說！說出來，多不好意思。」

「好，我們逐隻逐隻手指豎起，如果你有A的數目和舉起的手指數目一樣，就請你點頭。」D小姐竟想到這個聰明的辦法，眾人紛紛點頭讚好。

她們豎起四隻手指……他不點頭。

五隻，不點頭。

六隻，也不點。

七隻嘍！一模一樣的反應。

直到十隻手指全部豎起，他才輕輕點頭。

註：英文字母「A」，因形狀似摺梯，故名天梯也。

我的驚駭不下於其他人——每年中五會考放榜在新聞裡上鏡的十優狀元，如今竟然在我眼前出現。媽的！這傢伙來頭不小，囂張得有本錢。

這是多麼殘酷的現實啊！

一個人的價值原來在於他擁有多少梯子。

梯子愈多，別人對你的尊重也會相對提高。梯子是通往大學的黃金捷徑，資優生更是知名大學優先錄取的對象。有梯子的人才有資格談未來談理想，沒梯子的人只能等著被社會懲罰。

現實裡我沒有梯子，所以我的價值很低。

難怪眾女對我不屑一顧，將我冷落在一角。

後來，綜合眾女的對談內容，我得出以下關於趙一舉的情報：

家境：家住半山區，有一弟一妹。家有五個停車位，打算將來添置五輛名貴房車，父母和兒女一人一輛。

學業：榮獲無數學業上的獎項，將頒獎典禮走上台的步數加起來，距離有半馬拉松那麼長……

外表：印堂發光，一表人才。

課外活動殊榮：學校網球隊主將、合唱團團長、辯論比賽最佳辯論員、十大傑出學生、某管弦樂團成員……多到未能盡錄。

女朋友候選名單：深不見底……

「————」

我長長地嘆了一口氣，這是我最灰心的一天。

包廂裡充滿一陣陣歡笑聲，我卻打不進這群名校生的圈子裡。

忽然，螢幕上出現新的ＭＶ，沙灘背景上走出一個穿泳褲的搞笑諧星，同時播出一首俗氣噁心的老歌。

「哈哈！這是你的歌，麥克風在這裡，請！」

混帳龜小姐自作主張，之前笑我長得像這個老派明星，就點了他的歌，還利用群眾壓力逼我獻唱。

我死也不肯就範，撥開麥克風。

「好，你不唱也可以，但要在我們面前表演『七步成詩』！」龜小姐喋喋不休。

「七步成詩？」趙一舉好奇。

「對啊！李先生很有才情，很會作詩啊！」

哼！我露出不屑的神色，橫眉冷對。

要不是看在KIKI的面上，我一定會出口傷人，由這醜女的頭髮膚色罵到她的腳趾，甚至將一對臭襪子塞到她嘴巴裡，看她還敢不敢亂說話……

趙一舉聽了，竟放肆起來，公然挑釁道：「原來李公子也會作詩。不如我們切磋一下吧！」

再留下來只是自取其辱，我拿起書包，看了KIKI最後一眼，便展顏苦笑：

「再見啦！很高興跟妳見面。我有點事，現在不得不走了。」

「你要走啦？我……我送你一程吧！」

「不，妳今天是壽星，好好留在這裡玩吧！」

不讓她有考慮的時間，我放下幾張鈔票，便匆匆離開了包廂。

雖然不知道在我離開之後，趙公子會怎樣調戲她，但我實在不想留下來當人家的笑柄。

要追求KIKI這樣的校花，我根本就是不自量力，回家讀好書再來吧……這是我第一次對女生一見鍾情，可是我很快就發覺我和她屬於不同的世界。

我是雜草，配不上她。

早死心，免傷心……

□

花花綠綠的燈箱廣告令人眼花繚亂，把路的上空蓋住，卻照得小街亮如白晝。

離開了令人窒息的ＫＴＶ包廂，我在燈紅牌綠的鬧市中，呼吸了第一口新鮮空氣，但繼續走著，竟然有種蹭蹬的感覺。

那一刻，身在茫茫人海中，我忽然覺得人生很空虛。

回家後，第一件事就要更改暱稱，將「名校王子」改成「傷心漢子」，免得再丟人現眼現……

走在熙來攘往的街道上，心情極度鬱悶，前方是一片混沌的大千世界，密如屏風的高樓遮住半邊天。一股難以言喻的壓迫感凜凜襲來，我突然想到，沒有成績，就沒有高薪厚職，即使眼前出現夢寐以求的女生，也只能睜著眼看著她被別的男人搶走。

我這種人，遲早會被這個社會淘汰吧？

又走了幾步，紅色巴士站就在前面。

突然間，我的書包被人拉住。

「李書松！」

驀然回首，一片人潮之中，依然掩不住那張楚楚動人的容顏，水漾一般的身影，五光十色的霓虹光下，雙頰泛起迷人的嬌態。

「妳怎麼追來了？是因爲我付的錢不夠嗎？」

我對身後的KIKI說，語氣好像在埋怨她，其實是在埋怨自己。

「今天，眞是對不起！難得第一次和你見面，卻不能好好聊天……下次吧！下一次我們單獨去咖啡廳或者餐館，到時再好好聊個痛快。」

儘管KIKI說得一臉認眞，我也只是當她說笑，點點頭，衷心感謝她給我這個美好的承諾。

「對不起，我不是甚麼名校生，但我不是有心騙妳的。我以前眞的在名校唸書，當時天眞無知，用了那個暱稱，一直懶得改，看見妳誤會，便讓妳一直誤會下去。」

我也趁著這個機會，鼓起勇氣澄清這件事——其實我曾經擔心，如果KIKI知道我不是名校生會瞧不起我，正如其他名校女生一樣。

「我早就知道了。」

這番話出乎我意料之外，但更驚訝的是她之後的話：

「李書松，其實我很早就聽過你的事蹟。我表弟是你以前在菁英中學的同學，他跟我說起很多關於你的往事。」

「你表弟？」

「他叫李克勤。」

「哦。原來是他……他這人滿不錯的。」

然後，我用自嘲的語氣說：

「甚麼往事，說得眞好聽，是糗事才對吧？他一定是將我以前的糗事統統告訴妳了。」

KIKI搖了搖頭，只是笑了笑。

「你可能不知道……有些同學像我表弟一樣，都很欣賞你。雖然你不守規矩，愛出風頭，但我聽了你的叛逆往事，心裡就覺得你很酷！在那種人人渴望進去的名校，怎會有你這種有勇氣挑戰權威的人？」

「所以我就被開除了。」

「大人管教孩子，當然不願聽到反對的聲音。我覺得這個社會需要乖孩子，也需要不乖的孩子。」

「妳在向我說教嗎？眞深奧，我聽不懂。」

其實我是聽懂的，但這樣被自己夢寐以求的女性稱讚，畢竟會感到尷尬。

KIKI拿出一顆我送她的紙星星，對我說：

「我的第一個願望，想要一張你小時候的照片。」

「爲甚麼？」

「因爲你看過我小時候的照片，如果我不看看你的，會覺得不公平。」

「妳不說的話，我還以爲妳嫌我窮，稍微像樣的東西都買不起給妳。」

「嘻。你就當我是追求公平的天秤座吧！」

我欲言又止之際，望向KIKI背後，怔了一怔——在一片矇矓的燈光裡，竟然出現一個大煞風景、嚴重破壞氣氛的人物，此人就是趙不舉，不，趙一舉才對。

原來他也出來了，一直站在遠處旁觀。

看著KIKI和我獨處，他這個愛慕者難免妒火中燒，滿懷敵意地瞪著我。

他朝我和KIKI走近，三個定點，形成一個三角形。

「你這種人，不准纏著KIKI……KIKI是個很單純的女生，我要保護她。」

他說話了，出言不遜。

霓虹燈光在這時候變得更熾熱了……

那時候天總是很藍

那一個黃昏，海面上有輪船，輪船上有雁兒在飛翔。
廣場上有人在彈吉他，恰好唱到一段歌詞：
「那時候天總是很藍。日子總過得太慢。」

10 他揮一揮衣袖，不帶走一根香菸

周日的深夜，路燈在公園裡拖出兩條長長的影子，月亮像是一個發光的窟窿。樓上的人家都熄燈了，依然有幾扇窗戶透出迷濛的黃光，在這寧靜的晚上，我與泰坦尼哥在兒童遊樂場的軟墊上席地而坐，旁邊是兩個空蕩蕩的鞦韆。

雖然我很叛逆，但我的底線就是不抽菸。

泰坦尼哥生日時，我送了一支電子菸給他，勸他戒菸，但泰坦尼哥始終戒不掉。香菸一根接一根，瞧他那憂鬱深沉的眼神，彷彿有無窮無盡的煩惱，真不知他有甚麼不可告人的心事。倒是他看透了我，今晚跟他見面，我忍不住吐露自己的心事，說起前天與KIKI見面的經過。

「那最後，怎麼了？」

泰坦尼哥最關心的，就是我和趙公子之間的恩怨如何解決。

「之後，我說了一些很衝動的話……這個情敵太強大了，我爭不過他，早該死心了……」

驀然回想，我腦海裡又出現KIKI的倩影，臨別時，在模糊的街景裡，她眼裡盪漾著水汪汪的柔光，竟是對我有所期待的樣子——也許，我想太多了。

「有時候，談戀愛，講的是感覺，而不是條件。漂亮的女人很容易找，但美貌與智慧並重的女人眞的不多。如果你覺得她是你夢寐以求的女人，你就要好好把握。」

感覺？她和趙公子才是天生一對吧。

我嘆了一口氣，攀上兒童滑梯旁的鋼架，做了幾下引體向上。

耳畔傳來泰坦尼哥自言自語的聲音：「眞是可惜……我本來看好你和阿雪的。阿雪知道了，應該會很傷心吧？」他總是懷疑阿雪對我有意思，我心中已經有夠煩，實在無法再塞進另一件擾人的事。

與KIKI第一次見面後，我一直沒有再上網。

因爲我忽然覺得，追求她是遙不可及的事。

「我已經死心了！」我大叫。

泰坦尼哥好像看透了我，問我：

「對她死心，你確定自己將來不會後悔？」

「那我可以怎麼辦？這次的對手是十優狀元啊！」

「會考十個A是很困難的事嗎？我覺得，只要肯下苦功，你也做得到……我很少誇讚人，麻將桌上我得使出全力對付的朋友，你是第一個。」

唉……他眞是想得太簡單了，讀書又不是搓麻將，靠小聰明就能取勝。像泰坦尼哥這種流氓浪子，又怎會明白會考的艱難？雖然有句話，叫「知其不可爲而爲之」，但每年會考狀元只有那麼幾個，再怎麼排隊也不會輪到我。

更何況……我現在只有八科，中英數是必修科，化學、物理、生物和附加數學，再加一科電腦，無論如何也當不成十優狀元。

還有一年，我就要進考場，單是想一想，就覺得很可怕了。

「傷心的事，不提也罷！」

我想轉換一下話題，記得泰坦尼哥上星期說過缺錢用。這個不羈的浪子終於要面對現實，暫停遊戲人間，先去賺錢應急。

「對了！你之前說要找工作，現在找得怎麼樣啦？」

「我剛剛找到工作了。」

我往泰坦尼哥的頭上瞧了幾眼，他把頭髮染回了黑色，但隱約可見幾根殘留的金髮……今晚看他，竟然覺得他有幾分成功人士的風範。

「恭喜！你找到甚麼工作啦？」

「時薪港幣一萬圓〔註〕的工作，做得好還會有獎金。這份工作我覺得很丟臉，見不得光，細節請恕我無可奉告。」

「……」

我沉默了好一會，心想泰坦尼哥終於鋌而走險，來到這一步了。時薪港幣一萬圓的工作，不用想也知道，一定是走偏門。我腦裡浮現黑幫電影裡的畫面，一時想像泰坦尼哥騎著機車運毒，一時想像他在刀光血影中砍人，一時又想像他穿著丁字褲在富婆面前跳舞……我不行了，滿腦子都是限制級畫面。

總而言之，我認爲適合泰坦尼哥的工作，應該是賭場裡的荷官，又或者是夜總會的公關。在我心中，他與正經工作是扯不上關係的。

我一直抱著這樣的想法，所以當我知道眞相的時候，眞的被嚇個半死。

「我的英文名『TITANIC』，來自一艘船名。」

「這名字背後有個可歌可泣的故事，是眞人眞事……有機會的話，我會告訴大家。」

「想學好英文，多看外語電影是很棒的方法。在影片中，『TITANIC』這艘巨船被形容爲『UNSINKABLE』。『SINK』是個動詞，加『-ABLE』變成形容詞，再加『UN-』就變成相反的意思。各位同學，我今天要傳授給大家的必殺技，名爲『字根十八變』，學會了這一招，兩小時就可以快速增加一千個英語詞彙！」

我和阿雪愕然無比地看著黑板前的人——戴著名牌眼鏡框，全身黑色西裝的泰坦尼哥。

這到底是甚麼回事？

今天一放學，阿雪就纏過來，從背後扯著我的單肩書包，要我跟她去一個地方。當我上了車，她才告訴我要去的地方是鬧區有名的補習街……對，就是我前幾天才去過的補習街，這裡彷彿有甚麼地縛靈，只要一進來，就很難再走出去，一入教室深似海……我對阿雪不感興趣，也不想將她當成KIKI的替代品，本來下一站就要下車，阿雪卻突然拿出從雜誌上撕下的廣告。

那是補習班的廣告，我不久前才見過，女主角就是濃妝艷抹版的珊姊。

怎麼可能？珊姊是補習天后？爲了查明眞相，我和阿雪來到補習街，到了那家補習班，還沒開口，就看見牆上那張兩公尺高的巨大海報——新秀天王「MR. TITANIC」，劍橋大學畢業生，首次開班傳授考上劍橋的無上K書高招……

我倆看傻了眼……

當天剛好有課，便向補習班進貢金錢，報讀了一節兩小時的體驗課程。

註：港幣一萬圓約等於台幣四萬圓。

黑板前的泰坦尼哥有如鬼上身，說得頭頭是道，捏住粉筆的動作，就像平日捏住香菸那樣順手。雖然日本有部流氓當熱血教師的日劇，但這種事發生在我眼前，簡直震撼得和天塌下來一樣。我張大嘴，叫阿雪用力摑一巴掌過來，依然無法相信這不是一場夢。

不久前，他只是個染金髮、戴耳環的小混混，如今竟然穿起西裝，變成了補習街的新秀天王！

阿雪和我面面相覷，彼此滿臉都是疑色，懷疑這是驚世大騙局。

泰坦尼哥懂得營造氣氛、說笑話，逗得補習班的同學眉開眼笑。

「各位帶零食來的同學，請和我合作。上我的課，大家可以隨便吃東西，但離開時記得保持清潔乾淨。還有，我會在上課期間講髒話，如果我罵了一堆你娘的我娘的有的沒的，請大家千萬別太興奮……I AM STILL A VIRGIN……」

泰坦尼哥採取離經叛道的教學風格，不照本宣科，總是離題萬丈，說說趣聞典故，談談兩性關係，掰掰娛樂八卦……最離譜的是，他教的明明是英語，卻用中文授課，在台上朗誦出李白的〈將進酒〉。

原來泰坦尼哥是有意露一手，現場示範將李白的〈將進酒〉翻譯成英文，而且是用了句尾押韻的英文詩體！為了證明自己的英語能力絕無造假，他又叫學生現場點詩，結果前排的女生吶吶說出一首詞名，乃蘇軾的〈水調歌頭〉。泰坦尼哥自信滿滿地即時譯成英文，語法和用詞堪稱完美，無可挑剔，比七步成詩的曹植更帥氣。

全班學生無一不高呼驚歎，無一不佩服得五體投地，掌聲震撼了整幢大樓。

這樣的事蹟一傳出去，泰坦尼哥必定聲名大噪，成爲補習街的大紅人……

課堂一結束，由於有太多女同學纏著泰坦尼哥，我和阿雪擠不到前面，只好在教室外面等他。感覺就像有個朋友變成了名人，我和阿雪依然感到難以置信。

我終於忍不住，打了一通電話給珊姊。

珊姊的反應比我想像中冷靜，同時拜託我替她好好看管他，如果發現他非禮女學生，必要時就要報警，千萬不要心軟。

原來珊姊的正職是補習天后……看她平時生活那麼不檢點，我簡直不能相信。她身材好，走性感路線，竟然是眾多中學生追捧的女神，經常有學生只顧盯著她的胸部，結果撞上補習班的玻璃牆，補習班高層曾建議在她的衣物印上「小心玻璃」的警告語。

難怪梁實秋說過，女人有兩張臉譜，化妝前是一張臉，化妝後又是另一張臉，將男人騙得團團轉……珊姊平時行事低調，就是爲了隱藏身分。

我竟然到現在才知道，珊姊和泰坦尼哥的學歷很高。

珊姊更告訴我，她和泰坦尼哥原來是在英國唸大學時認識的，當時種下情根，回到香港才開花結果。

「那……泰坦尼哥眞的是在劍橋大學畢業的？」

「對啊！不是騙人的。他眞的是劍大畢業生……而且是FIRST HONOUR，一級榮譽畢業。」

「……」

「而且他當時很有名氣。大學一年級的時候，有一門經濟學的學科大考，所有同學做題目，答題紙上都寫得滿滿的，有些人還要加紙……就只有他那麼大膽，每道問題的答案都不超過五行。結果，他那科的成績是最頂級的DISTINCTION，連教授都大讚特讚，同學還幫他改了『TITAN』這個外號。」

「……」

說起來，我在網路上加了泰坦尼哥，他的個人簡介裡寫自己畢業於劍橋大學，我當然以爲他在開玩笑，用這種低級謊言來哄騙無知少女……

原來是眞的。

這麼說來，之前問他爲甚麼缺錢，他回答說因爲借了現金一百萬圓給朋友，所以手頭拮据……原來也是眞的。

泰坦尼哥有這樣的學歷，難怪補習班會請他。認識了泰坦尼哥九個月，我有眼不識泰山，到現在才知道他是一位隱世高人，我的朋友原來是劍橋畢業生，牛頓和徐志摩是他的校友……

□

上課時，泰坦尼哥裝作不認識我和阿雪，現在他一出來，就扯著我和阿雪到外面聊天。

「眞辛苦！終於可以抽菸！」

這時我們身處的地方，就是補習街裡一條髒亂的後巷。在巷裡烏黑的夾縫裡，目光穿過層疊的空籮筐和廢棄紙盒，可以看見不斷有些蒼白疲倦的學生匆匆走過，垂著頭、戴著眼鏡，彷彿在凝視模糊的未來。

在煙圈中，泰坦尼哥露出本來面目。

我結結巴巴地問：

「你、你……你怎麼當了補習天王？」

「唉！還不是被逼的。我的女人扭傷了腿，最近不想來上課，補習班擔心學生流失，便找我代她的課……補習班高層覺得我是可造之材，開出高薪，我受不了誘惑便答應了……他媽的，他們要我拍那種噁心的海報廣告，又用劍橋的康河來當背景，早知如此我就不會進這一行。」

時薪港幣一萬圓的工作……太恐怖了……就算阿雪下海賣身，每小時接客十次，做到筋疲力盡，也未必賺得了這麼多……

「你說過，你沒考過香港會考……我還以爲你早就輟學了……」

「我唸完中三，就拿著一筆獎學金出國留學了。」

「你說你唸過私校……」

「在英國，傳統名校都是私立中學。雖然學費很貴，但我常常拿到獎學金，不僅夠繳清學費，還有閒錢到法國的香榭大道那邊血拚買名牌。」

「你……你畢業於劍橋大學？」

「劍橋劍橋，也只不過是個虛名，除了在求職上有很大的幫助，我覺得根本沒甚麼了不起。不過，我倒是很懷念大學裡的環境，以前我經常坐在康河岸邊的草坪上看書，那邊的啤酒眞的很好喝。」

泰坦尼哥一邊回答，一邊捻熄了菸屁股。明明是很驚人的話，出自他的口中，竟是那麼謙虛和輕描淡寫。

剎那間，在我眼中，他的身影變得好像巨人般高大。

我忽然很好奇，堂堂一個國際頂尖大學的畢業生，爲甚麼會回流香港，過著頹唐的生活，如今忽然又執起了教鞭！與此同時，我腦海裡浮現他提著長篙，在康河裡划船和在星輝斑爛裡放歌的情景……

泰坦尼哥無視我和阿雪眼中的疑問，眼中充滿了倦意。

「過去的事，一言難盡，下次吃飯再慢慢解釋吧！現在補習班高層要見我，和我討論簽長約的事……街尾那間補習集團對我挖角，死纏爛打要請我吃消夜，我整晚都會很忙……眞討厭這樣的生活。再見。SEE YOU LATER！」

泰坦尼哥整個人閃出強大而神祕的光芒。

悄悄的他走了，正如他悄悄的來。

他揮一揮衣袖，不帶走一根香菸……

11 少年筆奸

那一個晚上。

在霓虹燈過剩的強光下，世界有了艷麗的彩妝，大街上林立著電器公司和時裝店，老舊傳統的店鋪消隱，重建成新潮的商場。不同的商標都在這裡紮了根，長出鐵樹銀枝的招牌，各有各的色彩和妝容。

小城的喧囂和熱鬧，彷彿都濃縮在這條大街上。朦朧的記憶像走馬燈一樣，重弄了燈芯，便清晰地重現。

當晚發生的事，還有下文。

熾熱的光波映照在我、KIKI和趙一舉的臉上。

「你這種人，不准纏著KIKI……KIKI是個很單純的女生，我要保護她。」

那一晚趙一舉說的話，一直在我腦裡揮之不去。

對這個人的挑釁，我嗤之以鼻。

「趙公子，你好像誤會了。」

「我沒有誤會。你瞧向KIKI的目光色迷迷的。」

豈有此理！這才是我要說的話吧？

我在鼻子裡冷笑了一下，馬上還以顏色：

「我好像嗅到了一陣酸酸的醋味？剛剛我看見有人對KIKI毛手毛腳，我差點想報警呢！橫看豎看，你都不像KIKI的男友，憑甚麼干涉她交友的自由？」

氣氛弄得這麼尷尬，KIKI在旁乾著急，很想打圓場，又說不出話。

趙一舉沒有動怒，眉宇間皺了皺，便沉著地說：

「我和KIKI兩家人是世交，我曾答應UNCLE要好好為KIKI把關，不會讓下三濫的壞傢伙接近她。每年都有很多不自量力的壞蛋纏著她，我都會為她一一擋下，教那些人知難而退。」

言下之意，如果我要追求KIKI，就要先過他這一關。

太可惡了！他以為自己是誰啊？火焰山牛魔王嗎？

「KIKI曾經公告天下，她只會接受比她聰明的男生，很多男生就這樣被難倒。所以，除非你能給我看看你的本事，否則我絕不認同你有追求KIKI的資格。」

「怎麼看？把我的成績單拿給你看嗎？」

說到這裡，我有點心虛，因為我上學期陣亡，各科成績爛得不堪入目……

「方法很簡單，也很公平。我跟你做同一份試卷，然後對比評估。如果你的成績跟我不是相差太遠，我就承認你的水平。」

趙一舉的目光停在KIKI身上，氣焰囂張地說下去：

「由KIKI出題，M.C.選擇題，任選一門你最有自信的會考科目，我都樂意奉陪。這樣吧……再怎麼說我比你年長，會讓你三題，也就是說，假設我答對五十題，你答對四十七題以上，YOU WIN。我甚麼科目都沒問題，你想挑戰哪一科呢？」

他這傢伙欺人太甚，提出這樣的條件，就是要將我逼入山窮水盡之地。我望向KIKI，她眼裡盪漾著水汪汪的柔光，竟是對我有所期待的樣子。

我心中一熱，又不想示弱，只好豁出去了。

「物理、化學和生物三科之中，你最強的是哪一科？」

「都很強。相信你剛剛應該聽到，我這三科會考成績都是A。不過，我最喜歡物理，我奉勸你別挑戰我這一科，你是毫無勝算的。」

他口氣眞大，應該是我這輩子見過最自大的人。

「物理！我偏偏就要挑戰你這一科！只要在這一科擊敗你，你就無話可說了吧？」

甚麼都可以輸，就是自信不可以輸！儘管是逞強，我也要逞強到底，不當縮頭烏龜。

趙一舉嘴角輕揚，在他眼中，我應該是個自尋死路的笨蛋吧？

「你要多少時間做準備？」

「一個星期就夠了。」

話一說完，我頭也不回，瀟灑地離開他和KIKI的視線，消失在霓虹燈照不到的灰色地帶。在試卷上分個高下，輸掉了就要自絕愛情，這實在有夠白痴，但既然KIKI本人沒阻止，也就是默認了這樣的「決鬥」。

「這樣也好。敗給他的話，我就可以徹底對KIKI死心了。」

我如此安慰自己。

明知是不智之舉，還要接受趙一舉的挑戰，其實是一種強逼自己死心的做法。

反過來說，如果我爲KIKI拚命用功，最終戰勝了趙一舉，就是證明我對她的愛是認眞的。

正如趙一舉所說，如果這樣也做不到，我根本就沒有追求她的資格。

到時候，不死心也不行了。

煮飯貓：嗨！書蟲！你眞的要跟趙一舉比試物理嗎？以下是他託我轉發給你的戰書：

日期：4月X日（星期六）

時間：晚上六點

地點：大會堂圖書館

TOPICS：HEAT & MECHANICS（熱學和力學）

考試形式：會考PHYSICS PAPER 2

一小時，45題選擇題

收到趙一舉的戰書，我雙眼中好像出現火焰，咬緊牙關。今晚起，打算每個晚上都伏案苦讀。

事實擺在眼前，要縮短和KIKI之間的距離，只有一個方法，就是讀好書！

我到書局買了五本物理參考書，近乎破產，追求異性果然是花錢的事。順路經過家具店，我又買了一盞燈，店員說那不是一盞普通的燈，名爲「雪案螢燈」，只賣給有緣人，有了它的話，讀書集中力可提升20%。

在書桌上的牆壁，貼了一張紙，寫滿精心編排的溫習日程。

萬事俱備，我吃完晚飯，便進入溫書模式。

打開課本的第一頁。

——正在載入——

課題：力學－物理

頁數：第2頁至第42頁

開始輸入

第一條公式：$F=mA$

第二條公式：$m=\Delta y/\Delta x$

第三條公式：$K.E.=\frac{1}{2}mv^2$

第四條公式：$F.E.=mgh$

．

．

．

完成。

請按任意鍵離開……

閉關溫習模式

第一天，一切順利，資料以零失眞率的狀態存入本人的大腦。

好！進度理想，給自己一點獎勵，玩一會網上遊戲。

不知爲甚麼，讀書的時間過得特別慢，玩樂的時間過得特別快，當我再次盯著鬧鐘，驚覺時間已經不早了，該睡了……反正明天是星期天，有一整天讓我用功。養足精神，明天再讀吧！

周日——

早上，用功了一會，發覺修正液沒了，便到書局一趟。路經報攤，竟然發覺最期待的漫畫出了新一集，忍不住買回家。明明叮嚀自己只能翻幾頁，一翻之後，便整個人失控，整個下午都在看漫畫……

當我反省之後，要好好收拾心情讀書，就接到泰坦尼哥的電話。他問我要不要一起吃晚飯，我心想晚飯總是要吃的，便出去了……肚子脹脹的，又和他到公園乘涼……整個晚上沒翻過一頁書。

周一——

一放學，就被阿雪拉去補習班，發現泰坦尼哥變成了補習天王，消息過度震撼，情緒無法平復，令我無法安坐在書桌上用功。用了整整一天的時間來消化。晚上，阿雪打電話來騷擾我，我和她聊呀聊，覺得有點睏，便上床休息，慢慢沉入夢鄉。

周二——

本來想利用上課的時間溫習，可是一時大意，物理課本和參考書全部留在家裡。在家裡讀書，太容易受誘惑，我自知再這樣下去不行，一放學，便乘車回家，又乘車返回學校，打算在學校圖書館裡用功。

最近，學校有傳聞，圖書館裡出現老妖。此老妖神出鬼沒，突然從長檯下面把頭伸出來，問學生：「現在幾點了？」至今已有兩名圖書館管理小組的同學遇害，被嚇傻了。出事之後，來圖書館的人數大幅下滑，只有我這種天不怕地不怕的人才敢進去。

圖書館裡一個人也沒有。

我在書架與書架之間行走，心中有種不自在的感覺，總是感到有人在監視我。

往前一跨，回身一望，只見白牆上的壁虎在爬行。

天沉沉，雲冪冪，風蕭蕭……

校園鐘聲響起，正是鬼故事發生的時段。

運氣不會這麼背吧？寧可信其有，我抖擻精神，正想拔腿離開這片不祥之地，胳膊竟被拍了一下，耳背有口涼氣，使我的寒毛全豎起來。

「現在幾點了？」

背後忽然出現呻吟聲。

我不顧一切，回身就是一記奪命重拳，砰地一聲把對方鼻梁上的眼鏡打掉。

眼鏡？原來是人類。

糟糕……

「唷！好痛啊！書蟲，你幹嘛打我？我的眼鏡呢……」

「你嚇死我啦！你怎會在這裡？」

眼前的人乃傷殘輝，久未見他，原來他躲在學校圖書館溫書。這次見面，只覺得他面貌全非，不修邊幅，陰陽失調，身上發出陣陣惡臭，頭髮像爆開的花生米，難怪別人碰到他會被嚇得魂飛魄散。

我偷用櫃檯的透明膠紙，把碎掉的眼鏡黏好，然後替傷殘輝戴上。

「我回來問老師問題，順便到學校圖書館溫書啊！」

「哦……（圖書館老妖之謎全部解開了）」

再過幾天，傷殘輝就要考高考英語科口試，所以異常緊張。去年，在小組討論的環節中，傷殘輝一句話也沒說，結果口試不合格，U級爛成績（全稱爲「UNCLASSIFIED」，爛到不予置評），成爲一生中抹不掉的陰影。

「書蟲，我英語會話不行，下星期一就要考了，有沒有速成的法子救我？」

這傢伙問過我百科全書的英文是甚麼，我說得出「ENCYCLOPAEDIA」這個答案，他瞠目結舌，從此拜我爲師。我說泰坦尼哥是劍橋大學畢業生，可以去向他請教。傷殘輝根本不相信，罵了我一聲「腦殘」，就問我夠不夠朋友，夠朋友就要幫他想想通過英文科口試的方法。

「講英語，最重要是有膽色。」

「這個我知道，問題是怎麼練出膽色？」

我細想一會，告訴他一個最有效的辦法：

「在鬧市大叫一百次『陰莖』而不害羞，你就成功了。」

「……」

「連這個膽量都沒有，很抱歉，你英文科口試一定不及格，FAIL！UNCLASSIFIED！」

最後兩個詞刺激了傷殘輝的中樞神經，他握緊了拳頭，鼻子噴氣，一副下定決心的模樣。

隔天發生了甚麼事，相信大家都猜得到……我胡鬧的建議，傷殘輝信以為眞，眞的去實踐，差點被警察拘捕而無法參加高考……

朋友一場，他即將赴考，我再怎麼賤，這時候也要鼓勵他一下吧！

「還有一個月就可以解脫，努力撐下去吧！考出好成績的話，你會幸福的。」

「幸福？」

「阿雪經常在我面前提起你。」

「你說眞的？」

我用力點了點頭，用誠懇的語氣繼續說：

「她這個人比較害羞，嘴巴上不說，卻很關心你。所以你要努力，當你成為優秀的大學生，我覺得她也許會願意對你……」

「對我怎樣？」

「以、身、相、許！」

我唇齒顫抖地說出這四個充滿震撼力的字。

結果，傷殘輝當晚連晚飯也不吃，進入廢寢忘餐的無我境界。周三傍晚，我打電話找他，他媽媽說他不在家，因為胃潰瘍而進了醫院的急診室……

煮飯貓：書蟲，提醒一下，明天有補習班的課，你要記得出現啊。你答應給我的東西，要帶來啊！明天見！

＜(≡○≡)＞！！！～

我從喉頭深處發出奪命狂呼。

一寸光陰一寸金，生活如同黑洞，吸走了時間，完全不知道是怎麼過的。早前貼在牆上的溫習時間表，變成「空」懷大志的塗鴉，星期三這一晚快過了，但我溫習的進度只停留在第一天的階段。

這個星期六就是和趙一舉決鬥的日子，大限快到，時日無多。我知道再這樣下去不是辦法，摑了自己一巴掌，便下定決心面對現實，拿出上學期物理科期末考的試卷重做一次，評估一下自己和趙一舉之間的差距有多大。

根據歷屆會考的統計數字，欲得最頂級的A級成績，答錯的題數不能超過四題。

以此推斷，要勝過趙一舉，把他讓我三題的比試規則計算在內，我必須考出「41／45」或以上的成績，才會有一絲勝算。

圈好四十五題選擇題，然後核對答案。

一個「X」，又一個「X」……怎麼會這樣？太不可思議了！重做上次期末考的試卷，分數竟然變低了，只有「22／45」，連及格也成疑問……

難道與兩個月前的自己相比，我反而退步了？還是當時碰運氣猜中很多題？

這樣的我，怎會是趙一舉的對手？

根本毫無勝算，這是笨蛋都可以預見的結果。

我咬著筆桿，意志消沉。

惡魔總是在這種時候出現，我苦思由E級成績突飛猛進到A級成績的速成法，在床上翻滾了一會，便昏昏沉沉地睡著了。

這一晚，我又選擇了逃避。

周四——

我曠課了。

本來是計畫利用自製的假日唸書，但在屁股不舒服的情況之下，我就是坐不住，拿著精讀本在客廳裡踱來踱去，就是讀不進腦裡，態度散漫，自暴自棄，如此一個白天又是一事無成。

補習班的上課時間終於到了。

場景又回到那間補習班的教室，我緩緩掀開門，目光穿過縫隙，立時就被身穿漂亮校服的少女吸引。

KIKI一看見我，熱情地打招呼。

我是一名鐵漢，正是如此，我才被她這塊不朽的磁石吸過去……坐在她的鄰座。

自古多情空餘恨，唉！

為免尷尬，我迅即打開話匣子：

「咦！妳兩個同學呢？」

「她們要留在學校辦活動，教我幫她們拿筆記。書蟲，你有好好溫書嗎？後天就要和趙一舉比試物理，你有沒有信心？」

「哈哈哈。若不是胸有成竹，我哪有臉來見妳？請妳幫我轉告趙公子，叫他放馬過來！」

我說了一個美麗的謊言，當然，也可以說是打腫臉充胖子。還以為她會阻止我去送死，她聽了我這番狂妄的話，卻沒有任何表示。

「這是答應給妳的照片。請笑納吧。」

「噫！你很守承諾呢……你小時候長得有點可愛呢！謝謝囉！我會好好保存的。」

KIKI笑著接過我小時候的照片，放在記事簿裡。君子言而有信，要不是爲了實現第一顆紙星星的承諾，不想欠她，只怕我今天一定人間蒸發，不會來補習班上課。

此情只能成追憶，我是來見妳最後一面的……這麼傷心的話，我說不出口。

「喂，如果我不小心輸給了趙公子，妳以後眞的不理我啦？」

「不用擔心，反正沒差，我依舊當你是朋友。只是假如將來你追求我，我就會有個拒絕你的堂皇藉口。」

「題目出好了嗎？有沒有『撇步』？」

「我是公證人，不能幫你啊……不過告訴你也無妨：多做考古題吧！」

這種回答也算是「撇步」嗎？如果她對我有一點情意，她就會站在我這一邊，偷偷將明天要考的試卷複印一份給我……

補習導師未到，KIKI眼看還有時間，想上廁所，便託我看管她的東西。

我盯著KIKI放在桌上的記事簿，黯然的目光突然一亮，腦際間亮燈似地靈機一閃——

我發現記事簿的透明小塑膠套裡，有一張公共圖書館的借書證。

推理進行中：

KIKI出的試題應該都是複印的↓她說過試題出自考古題庫↓記事簿裡有圖書證↓她是個常

到圖書館借書的人↓公共圖書館有歷屆試題結集及模擬試題套書可以借閱↓只要查出她借過甚麼書，就有可能知道她出卷的題源（她學業繁重，才不會爲我和趙一舉的無聊決鬥浪費時間出題，直接複印的機會很大！）

我有了這樣的結論，便偷偷抄下KIKI的圖書證號碼。

KIKI回來之後，我一直裝作若無其事，當天上課都是心不在焉的，除了因爲身旁是自己鍾情的美女，也因爲在盤算一個驚天大陰謀。

下課後，我也拿出自己的記事簿，翻到朋友欄，遞到KIKI面前，請她幫我填。

「怎麼說也是朋友一場，幫我填填妳的聯絡資料吧！妳這麼會讀書，將來我遇到不明白的地方，可以打電話問妳功課嗎？」

「好啊！」

KIKI不疑有詐，爽快地填好了資料。

我看著通訊欄的電話號碼，暗自笑了笑。

周五——

晚上六時，距離和趙不舉的文鬥還有二十四個小時。

只要知道圖書證號碼和登記電話，就可以登入公共圖書館的網站，查詢已借出的館藏。

現在我的書桌上，放著一本淺綠色小冊子：

香港中學會考生物會考多項選擇題

物理　一九九一至一九九五年

我只是賭一賭運氣，抱著最後一絲希望，上網盜用KIKI的圖書證帳號登入，翻查她的借閱記錄。沒想到我料事如神，眞的猜中了，有一筆借出歷屆試題結集的記錄，日期是前幾天，而且又是物理科，很有可能就是KIKI出題的題源。

剛剛，我到另一間公共圖書館，同樣借了「九一至九五年」試題結集。

這一刻，我悠悠地坐在電腦椅上。

我終於有了取勝的方法。

就是「筆奸」！

「筆奸」，在筆上耍詐，考試的最高境界也。

就像懂得猜題一樣，作弊也是一種實力！KIKI說過她只喜歡聰明人，這就是聰明人的做法，哈哈！

我有恃無恐，短短一天內，很難學會做題的計算步驟，但只要針對考試的題目死背答案，對我來說是毫無難度的。

正當我用隱身狀態登入上網，螢幕彈出了通話框，是KIKI傳過來的離線訊息：

煮飯貓：URGENT！你上線的話，給我你的電話號碼，我要通知你明天的詳情。

我留下電話號碼不久，家裡的電話就響起來了，應該就是她打來的。畢竟是第一次在電話中聊天，拿起聽筒之前，我難免有點戰戰兢兢。

「喂？是李書松嗎？」

KIKI的聲音在電話裡有點不同，柔和悅耳，我的心深深被打動了……若我是口試考官，聽到這種甜美的嗓音，一定會給她打個最高分。

「妳好……F等於MA……我做練習題做到出神入化，現在有點精神錯亂。」

「你好像很有自信啊？那麼，明天下午六時，我跟你約在大會堂圖書館四樓，那邊有一堆長桌。準時見。」

「沒問題！我聽妳的吩咐，都在不停做考古題……其實我這一星期來都在專心做題！希望能做到妳會出的題目吧！哈哈！」

我這麼說，就是爲了明天鋪路，試後如果我考出極高分數，就可以哄她說我湊巧做過那些題目，一切解釋都會順理成章。

一陣客套的對話後，KIKI沒有立刻掛斷，在電話另一端沉默了半晌，莫名其妙地問我：

「書蟲，你覺得讀書辛苦嗎？」

「辛苦得令人想死！」

「中三的指定課文中，有一篇叫〈爸爸的花兒落了〉的文章……內容你還記得嗎？」

「爸爸的花兒落了？」

「無論甚麼困難的事，只要硬著頭皮去做，就闖過去了……這是主角爸爸的教誨。這番話，就是我對你的一點鼓勵。千萬別放棄！要加油喔！」

「……」

掛斷之後，我怔怔地握著聽筒，久久不能釋懷。

她的話，觸動了我的心弦。

我問自己：「李書松呀李書松，你是爲了甚麼而接受考試的？」我的初衷，不是爲了面子，而是決心證明我對KIKI是認眞的，可以爲她發憤圖強，做出一點成績。

君子坦蕩蕩，小人長戚戚。

我一直覺得自己是君子，趙一舉是小人……如果我真的作弊來取勝，就算可以瞞天過海，應該也會瞧不起自己吧？

每次關鍵的考試，都是榮譽之爭，都是成長的契機。

我的對手不是任何人，而是我自己。

最大的敵人也不是考試，而是我自己。

現在，只剩下不到二十四小時，只要肯用功，雖不見得有成果，但至少不會輸得太難看。

我左手抑揚，右手徘徊，快寫著物理學的算式。

然後抑按藏摧，雙手風扇般掀頁翻飛疾走。

符號公式紛紛躍然紙上，透過視網膜傳入我的大腦。

打開書本的一刻，是很痛苦沒錯，一旦把整副心神放在書本上面，時間又過得特別快，似乎沒有最初想像中那麼痛苦。

萬籟俱寂，我全神貫注在眼前的題目上。

漸漸進入了——

禪的境界。

12 醉貓亭記

由「筆奸」變成「筆耕」，儘管只是一念之差，還是可以刺激我們體內分泌腎上腺素。

腎上腺素是一種很厲害的激素，可以對抗精神上的疲倦和壓力，有助屏除雜念，啓動體內潛能，大大減輕讀書的痛苦。可是，腎上腺素有個特性，就是當我們下定決心發憤圖強，眞正覺悟了，並且承受了一定程度的壓力，這種激素才會被釋放出來。

打開課本的一刻是最痛苦的。

之後，只要習慣了，用腦讀書就會變成順水行舟一般的事。

如果持之以恆，每天都有規律地用功，身體適應了，腎上腺素的功能更會在固定的時間自動啓動。

日本和韓國專門研究腦科學的學者，將這種大腦狀態稱爲「究極．ZONE」狀態，用佛家的話語來說，就是一種「禪的境界」。

因爲KIKI的一番話，我埋首苦讀起來了。

這是一種久違了的感覺。

其實當她提到〈爸爸的花兒落了〉，我有很大的感觸，這是一篇印象深刻的課文，勾起我回憶深處一段感傷又難忘的往事——和故事的主人翁一樣，在我小六的時候，媽媽長期住院，每天放學我就往醫院跑，在一片白茫茫的世界之中，由她督導我讀書，每當我做出一點成績，她就給我黏上螢光色的星星貼紙。

「媽，貼滿一百顆星星，妳就會回家嗎？」

我那時被騙了，愚蠢地相信媽媽美麗的謊言。

小六上學期，我的成績是全年級第一名。

但，自從媽媽逝世後，我就再也提不起勁讀書了。

回想那時候，一心一意讀書，有種頭上開了靈光的感覺，學習如有神助，一理通百理明。

那種感覺，就是進入了禪的境界。

我不眠不休地苦讀，整副心神全放在解題的步驟之中，腦裡一片澄明，把一切雜念和妄想杜絕了。

相隔這麼多年，我再次重拾小時候的感覺。

晨風徐徐從窗邊輕拂入室，天邊漸亮，樓下傳來貨車「軋軋」經過的聲音。當我擱下筆，望出窗外，才驚覺太陽已經升高了。

生平第一次，唸書唸到通宵達旦。

腎上腺素是有時效性的，只要效力一過，集中力就會大幅降低。勉強沒有幸福，我打了個大呵欠，方始感到疲倦，就上床睡覺了。

人在睡覺的時候，大腦仍會運作，整理和總結記憶。

那一覺，睡得很沉，雖然只睡了兩個小時，我被鬧鐘叫醒時，洗了把臉，精神煥然一新。

當我再次打開被陽光曬過的書本，雙手感到發燙。

那本「91至95年」的歷屆試題集，就像極品佳釀，散發出一種醇香，但我將它擱在一角，不敢打開，碰也不敢碰，不然我怕會受不住誘惑，哪怕只是偷瞄一眼，仍然會產生愧對KIKI的罪惡感。

我腦裡除了題目，就只有題目。

除了吃東西和上廁所，沒離開過書桌。

感覺愈來愈辛苦，就增加休息時間，每用功一小時，歇息十五分鐘，一整天下來，也不知按了多少次鬧鐘。

「FINISH！」

當我鬥志激昂地從椅子上站起來，時針指著五時，鬧鐘響到沒電了。

書桌上，剩下三個原來裝滿雞精的空瓶子，還有兩支寫斷了的鉛筆，橡皮擦屑多得可以用來做碗粿了。

那一份剛改好的模擬試題答案紙，分數是「41／45」。

我的實力終於提升到可以和趙一舉決鬥的水平。

沐浴梳洗之後，我就出門了。

□

我搭乘天星小輪到對岸的香港島，即使在坐船的時候，我也善用每分每秒來複習重點。

一出碼頭，遙遙望見大會堂圖書館。

殘陽照在我的臉上。晚風吹起我的衣袖，我就像個負劍的劍客，斜揹背包，單手拿著鐵筆盒就舉步前進。

圖書館裡，趙一舉和KIKI比我早到。

到了樓上，看著兩人談笑甚歡的樣子，我就知道他毫不把我這個對手放在眼裡。我一步步走近，趙一舉終於抬頭看我，我覺得那是一種輕蔑和狂妄的眼神。

他自以爲很幽默地說：

「我還以爲你不敢來，我今晚就可以和KIKI約會呢！」

「嘿！難得有機會見識十優狀元的實力，我又怎會爽約呢？」

「你是第一個。我向很多人提出用考試來做個了斷，你是第一個敢出現的，那些懦夫不是忽然肚子痛，就是人間蒸發放鴿子。」

「廢話眞多。可以開始了嗎？」

我和趙一舉針鋒相對，寸步不讓。

我不知道KIKI抱著甚麼樣的心態看待這場決鬥，但看來她毫不抗拒當一個中間人，一副興致勃勃的樣子。也難怪，看著兩個對自己有意思的男人自相殘殺，換了是我也會感到很有趣。

所有東西交由KIKI保管，我和趙一舉隔著兩張空椅，各自的桌面已有一份覆蓋著的試卷和一張選擇題答題紙。

「書蟲，你準備好了嗎？」KIKI輕聲問。

我點了點頭，拉開椅子，坐下來，單掌壓下鐵筆盒。

趙一舉斜眼瞧過來，毫不掩飾臉上傲慢的神色，手上把玩著一支名牌鋼筆，彷彿一拔筆就可以幹掉我這種弱者。

「我讓你三題。你覺得夠不夠？」

我不可能拒絕這種有利的條件，只要他繼續輕敵，我就會有更大的獲勝機會。

「承讓、承讓……我也讓你一隻手和兩條腿，只用單手作答。這樣可以吧？」

但我是不會隱忍的，在氣勢上不會被他比下去。

KIKI負責監考，由於置身圖書館裡，不能大聲說話，她把計時器放在我和趙一舉之間，按下紅色按鈕，就等於宣布考試正式開始。

閃爍的數字開始倒數。

提筆！

看著題目，我沉著作答。

試卷上有影印和剪貼的痕跡，依這種格式來看，果然出自歷屆考古題。

有些題目似曾相識，難不倒我。有些題目暗藏殺著，也難不倒我。有些題目看似艱深，但只要運用正確的演算步驟，窮則變，變則通，以柔克剛，就會得到答案。

有幾道題目眞的不懂，碰運氣也要有點技巧，我就會運用「消除法」。就算答案有四個選擇，剔除絕對不可能是答案的選項，就可以大大提高猜中答案的機率。

如此一頁一頁做試題，就像攀山而行，有時平坦暢通，有時峰迴路轉，有時以爲碰壁無路，只要硬著頭皮走下去，又會「柳暗花明又一村，撥開雲霧見青天」。

當我無比專注地計算答案，倦意就不見了，尿意也全消，彷彿打通了經穴，眞氣源源不絕湧向大腦——

這是我第一次豁盡全力臨急抱佛腳，又豁盡全力完成一份試卷。

心無旁騖，專心致志，聚精會神。

天地雖大，我的眼裡只有紙上的試題。

腎上腺素的奇妙力量啓動。

令我進入了禪的境界——

也不知道時間是怎麼過的。

我像一輛正在趕路的小車，要在限定時間內抵達終點，有時同一道題目想得久了，便要加速，大概每過一分鐘，就要在長方格裡劃線，答題紙由上而下延綿而落的一條條線段，就像黑色原子筆駛過的軌轍。

一個長方格，一條橫線。

四十五個長方格，就有四十五條橫線。

我盯了計時器一眼，時間只剩二十秒，我總算來得及做完。

計時器沒響起來，只是不停閃動。

TIME'S UP！停筆！

當我放下原子筆的一刻，疲倦感方始襲來，全身就像虛脫了。斜瞥了趙一舉一眼，只見他繞著臂，好整以暇，看來早就做完試卷，一副無所顧忌的神態。

能勝過趙一舉嗎？

我心中忐忑，靜待命運的結果。

KIKI悄悄在長桌對面坐下，輕輕拍掌，沒發出一點聲音。那幾下沉默的掌聲，也不知是獻給我的，還是給趙一舉的。

收妥兩張填好的答題紙，就是核對答案的緊張時刻。

「慢著，等等。」

我和KIKI同時看著趙一舉，就不知他有何話要說。

「李書松先生，在批改前，我想確認一件事。有言在先，是不是只要你輸給我，你就會打消追求KIKI的念頭？」

「話是這麼說……反過來說，如果我贏了你，你要接受相同的懲罰？」

「對！如果你比我高分，我馬上在你面前和她結拜當兄妹！和她交往就是亂倫！」

他媽的王八蛋，趙一舉毫不猶豫地發誓，這招就是將我逼上梁山了。不知何來的自信，又爲了男性的尊嚴，我便氣沖沖地跟他發誓：

「好！不怕你，我答應！」

KIKI一言不發，只是在旁搖頭，瞟了我一眼，目光中有惋惜，好像暗暗責怪我太衝動。

「開始對答案吧。」

趙一舉露出曖昧的微笑。

兩張答題紙平放在KIKI面前。彷彿在主持甚麼神聖的典禮，她拿出紅筆，逐題逐題，同時批改我和趙一舉同一行的答案，這樣對卷大大增加了整個過程的刺激感。

開始的五題，我全對了，正想大叫，但望向趙一舉塡的格子，跟我塡的一模一樣，也就知道他也是全對。

從第一題至第十五題，他的答案都和我一樣。

第十六題，我和他的答案有異，是時候分出高下了。

我選B，他選C。

「正確答案是C呀……」

KIKI在我塗滿的長方格上畫了個「X」。

眞可惜！

小小挫折，在所難免，我還沒輸。

由第二十一題開始，我整排答案都和他不同。

KIKI躊躇了一會，用抱歉的眼神看著我，接著拿起我的答題紙，連續畫下四個「X」。

明明很有把握的……怎會這樣？

我連錯五題了。

趙一舉的答題紙依然全對，沒有答錯任何一題，這個人簡直無懈可擊。

再改下去，我竟然愈錯愈多，連續錯了九題。到最後，不只是趙一舉和KIKI，連我自己也感到汗顏，慚愧得連屁股也紅了。

全對。

趙一舉依然沒有答錯一題。

他用同情的眼神看著我，彷彿在說：「讓你三題，好像讓得太少了。」

他這個小人，剛剛就瞧到我跟他的答案不一樣，又對自己充滿信心，才逼迫我發重誓。

我後悔莫及。

整份考卷還沒改完，我已知道自己輸定了，再留下來只是自取其辱，便一言不發拉開椅子，背著他們，頭也不回地走向圖書館出口。

輸得太難看了。我以後無顏再見KIKI。

雖然早知道是來送死的，但我沒想過即使出盡全力，也會敗到這個地步，和名校狀元的差距竟是這麼遠。

趙一舉的譏笑聲在我腦中繞旋不去……

從圖書館出來，天昏地暗，蒼然暮色，自遠而至，但我不想回家。

獨愴然而涕下……頹廢，借酒澆愁吧！

我到便利商店買了啤酒。

一邊喝酒，一邊亂走，漸聞水聲潺潺而瀉出於兩渠之間者，原來走入了林壑尤美的香港公園。峰迴路轉，有亭翼然臨於泉上。我平時不是容易醉倒的人，但現在腳步飄浮，歪歪斜斜地走著，看見自己在噴水池的倒影，歪歪斜斜，就像一隻醉貓。

「床前明月光，對影成三人……老吾老以及人之老，妻吾妻以及人之妻……古道西風瘦馬，斷腸人在刷牙……」我一邊胡亂吟誦古文，一邊走入涼亭裡。

我李書松，字太帥，受盡本地教育制度的荼毒，一夕英名盡喪，落魄失意，窮困潦倒（因爲這個月的零用錢都花在補習費和買參考書上面），現在更失去了最鍾情的女子，人生眞是失敗到了極點！

經過涼亭的人，看見我怪笑，都以爲我失戀喝醉，而不知我爲失分而醉。低分的人，不但會被高分的人取笑，還會被高分的人搶走他的一切，包括他的升學機會和獎學金，甚至是他的女人。

我閉著眼睛，在涼亭裡仰躺。

不知過了多久，當我張開眼睛的一條小縫，赫然出現一張熟悉的臉，害我嚇了一大跳，整個人彈了起來，幾乎滾到地上。

相信大家都猜到了，這張冰清玉潔的臉屬於KIKI，如果連女主角都不理睬我，我的少年時代就變成自閉一角的無聊獨腳戲。

我渾身酒氣，頭髮亂糟糟的，無奈她已看見瞧見我的正面，不能掩著半張臉說：「小姐妳認錯人了！」

KIKI看見我的醜態，並無厭惡之意，等我坐起，就遞上一張面紙。

我自卑起來，又自覺有酒臭，便和她隔著一段距離。

「妳……妳怎麼知道我在這裡？」

「昨夜星辰昨夜風，畫樓西畔桂堂東。身無彩鳳雙飛翼——下一句是甚麼？」

我知道答案是「心有靈犀一點通」，但這麼肉麻的話，一時吐不出口。

KIKI自己也不好意思說出來，便略過不提，只交代了她尋找我的經過：

「我出來後，便猜一猜你會走的路線，是刻意找你，也不是刻意找你，心想一切隨緣。反正順路嘛，一走進公園，想不到你眞的在這裡。眞有緣哩！」

緣？就算聽到這個字，我也提不起勁，因爲我已立下重誓，這輩子不能追求她……除非她主動以身相許。

雖然我不知道她爲甚麼找我，但我抱著身子，垂頭喪氣地說：

「妳要笑我，請隨便取笑。」

「你知道自己的分數是多少嗎？」

「沒甚麼好猜的吧？反正一定輸給趙公子。」

「不到結果出來的一刻，你也不應該逃走。」

「那我的總分是多少？」

「一百分。滿分。」

KIKI這番耐人尋味的話，只教我感到困惑。

我錯了那麼多題，怎麼可能會有滿分呢？

她笑咪咪地看著我，才解釋道：

「出卷的人是我，評分準則當然由我來定的。這次的考試，眞正要考的是勇氣。而你的得分是滿分！」

「勇氣？」

「趙一舉考過會考，至少做過二十年考古題，你又怎會敵得過他？所以，在我的評分準則之下，只要你敢出現，又盡力解題，你就會得到滿分勇氣分。」

「嗄？這樣也行？」

「我反問你一句，爲甚麼考試一定要考學識？成績，爲甚麼不可以是考題以外的東西？」

我當下愣了一愣——她說得也有道理，用考試來衡量一個人的智慧和學識，未必就是一件正確的事。

她一直隔岸觀火，原來就是想看我有沒有挑戰趙一舉的氣魄，還好我膽子夠大，臉皮又特厚，才沒有令她失望。

「還有啊！改卷的時候，我發現了一件很有趣的事。你這個大笨蛋，自己看清楚！」

KIKI捏住答題紙的兩角，在我面前掀了開來。

那張答題紙是我的，我看了看，一開始看不出甚麼，目光溜到連錯很多題那一帶，突然間恍然大悟，喉頭不自禁發出驚歎的聲音。

「你知道自己從第二十一題開始，塡錯了格子嗎？」

果然，我漏掉了一題，本來是第二十二題的答案，我畫錯了上一行的長方格。我心急做題，一題緊接一題，看到有空行就塡，太過專心，忘了檢查清楚。可是，匪夷所思的事發生了，到了第三十一題，一切就恢復正常了，眞不知我當時是怎麼亂塡的，邪門得很。

試卷上有用紅筆劃線的正確答案，我將畫滿的長方格順延一行，比對一下是甚麼結果……

結果四十五題選擇題，竟然答對了四十題。

我向KIKI借試卷來看，那道漏塡的第二十一題，我記得自己選了A，而正確答案就是A。也就是說，如果不是犯下這種白痴的錯誤，我的成績就是「41／45」！

「趙一舉最後錯了一題，他讓你三題，所以你和他交手，這一次是打了個平手。」

「這個成績可以見人嗎？」我掩不住歡喜。

「唔……如無意外，應該是A級的成績。」

「哈哈！我就覺得奇怪嘛，明明就很有信心！想不到我這麼厲害，果然不是省油的燈！」

「對啊，你這傢伙，真不是省油的燈，竟然懂得登入圖書館網站，偷看我借過甚麼書。」

她突然這麼說，頓時令我驚慌失措，舌頭凝在口腔中間，只能發出「呃、呃」兩聲。我的生理反應已經出賣我，再刻意澄清只是掩耳盜鈴。

「妳……妳是怎麼發現的？」

「唔……其實我也不是十分肯定。哈哈，你這笨蛋，真容易被看穿呢！」

原來是個圈套。她那麼問，並無十足把握，只是向我套話。

「那天你在補習班向我要電話，我本來沒有起疑，但你的表情有點作賊心虛，我就暗暗覺得你心懷不軌。一直到我登入圖書館網站續借才恍然大悟……很抱歉啊！我昨晚向你要電話，其實是引你上當。趁著你剛剛專心做題，我偷偷打開你的皮包，就有了你的圖書證號碼。然後馬上用圖書館的電腦，查了你的借閱記錄……」

「妳！一副乖乖女的模樣，竟然做出這種壞事！」

「以其人之道，還治其人之身……你可怪不得我呀！」

女人真是不可小覷，一點小事都瞞不過她，我不得不認栽了！

「不過，我真的十分意外，你最後居然還是靠實力解題。考試時，我一直在偷窺你的計算步驟。有好幾題，我偷偷改動了一些數值，如果你是死背答案，一定會掉進我的陷阱裡。」

「妳……愛出題的人眞不是一般的陰險。唉！世上竟有妳這種女人，我眞是甘拜下風！」

「對啊！如果你眞的作弊，我一定會生氣，從此瞧不起你。本來只想考驗你的勇氣，既然有機會，便靜觀其變，順便考驗一下你的誠實。」

聽到她這麼說，眞是捏了一把冷汗，幸好我懸崖勒馬，最後沒有令她失望。

我一邊搔著後腦，一邊跟著KIKI走上坡道。

坡道上空，是皎潔的月亮。

兩雙鞋，輕輕走上微風輕拂的小階梯。

那時候，我根本不明白，爲甚麼KIKI會拒絕條件那麼好的趙一舉，而選擇了表面看來一無是處的我。

後來，我才知道，命運是千絲萬縷的，就算只是一個很小的決定，都有可能改變一個人的將來，結果可能在很久的將來才會呈現——人生再微小的決定都是關鍵的，這就是著名的「蝴蝶效應」。

有時候，我們只差一分就會及格，只差一分就會升上原校，只差一分就會考上理想的學系。

多答對一題，命運就會變得不一樣。

我很慶幸自己沒有逃避，沒有背棄KIKI對我的信任，如果不是一念之差的決定，就不會有我和她之後發生的故事。

「那，我和妳現在算甚麼關係？」

「當然是一般朋友啊。」

「嗄！那麼我和趙公子鬥，到底有甚麼意義呢？」

「你跟他鬥是你們之間的恩怨，我早就覺得你兩個有夠白痴。而且，我的確說過只會接受比我聰明的男生，你想挑戰我的話，不妨試試看喔！」

KIKI做了個淘氣的鬼臉。

「會考未過關之前，我是不會談戀愛的。不過……李公子，如果你能在會考比我高分，我或許會考慮一下。」

「眞嚴格呢！」

我沒好氣地笑了。

我倆繼續踱步，回首張望，整個城市已沉澱在夜色和燈光裡。

於是，因爲她，我正式向會考宣戰了。

13 校花的啟示

香港中學會考，簡稱「會考」，大部分科目在花開的五月舉行，然後在盛夏的八月放榜。

同一份試卷，同一份評改準則，一試定生死。一夕之間，全港的學校禮堂一一變成試場，容納數以萬計的考生。每年這時，校內都會出現很多異校考生，在廁所裡會碰見陌生的面孔。

在我的時代，考生每年有十幾萬，卻只有兩萬人左右可以留下來。而這兩萬多個倖存者，接下來就要承受難度更高和壓力更大的高考。

精英就是這樣「過濾」出來的。

到了中四下學期，就算我自以爲不在乎，看見其他同學開始用功，這種壓力就變成了一種憂鬱症，我也不能免疫，惶惶不可終日。

班上曾鬧出這樣的笑話：有個老師的教學跟不上進度，同學CALCULATOR在上課期間突然站起來，用上司對待下屬的口吻，當眾直斥其過：「老師，請問你知不知道，現在距離會考只剩下多少天？你果然不知道，答案是三百五十一天啊！請你緊張一點好不好！」

此話令全班譁然，老師也啞然失笑，我們這些會考班的學生，讀書讀得慌了，有時候就會暴躁失常。

會考就是遠得飄渺——卻又近在眼前——而一眨眼又變成過眼雲煙的事。

「唉！古代科舉制度害人不淺，荼毒讀書人……現在也是一樣。我們被會考折磨得要死不活，唸了一堆死知識，將來一點用處也沒有，眞是浪費青春。」

我發牢騷。KIKI此時就在旁邊。

「你知道嗎？世上最早發明考試的國家，就是中國。」

「那個發明考試的人眞是王八蛋，遺害後世子孫。」

「如果沒有科舉，窮人就會失去唯一向上爬的機會。雖然後來慢慢變質，但科舉本來是很好的制度，由唐朝開始，不論門第，爲朝廷選拔出很多人才，很多名臣都由科舉出身。宋朝的科舉，甚至借考試來廣徵意見，出題範圍涵蓋當前時政和軍機大事。」

「妳懂得眞多呢。」

「即使會考確實有弊病，制度上也許有漏洞，但總地來說都是公平的制度。只要你願意付出努力，就一定會有回報。很多能力是天生的，但努力是後天的成果。這種形式的考試制度，獎勵的就是努力的人。」

我瞧了瞧KIKI的側臉，心有戚戚焉。

真不知道她是甚麼構造的，年紀輕輕，思想就已經這麼成熟。

這是一個晴空萬里的星期天。

我和她一同穿過綠意盎然的彎路，來到一座棕色建築物前。

這幢樓高五層的建築物，方方正正的外牆掛著兩幅巨大的海報，如嵌在藍天裡的兩幀名畫，卻沒遮住建築物的名字：「香港藝術館」。

□

當天是星期天，我是被KIKI的電話驚醒的。

她問我下午要不要一起到外面溫書，我有點訝異，但沒有失措，禮貌地答應了。

求學時期，一起溫書就是與異性約會的高雅藉口，嘿嘿，無數中學生就是在自修室裡牽手的，然後在電影院裡偷偷接吻……

午後，我們約在尖沙咀地鐵站等。一見面，我還沒說半句甜言蜜語，KIKI就卯足一股傻勁拉著我的衣袖走，不容浪費半分半秒。

「好！事不宜遲，我們現在去溫書吧！」

「嗄！妳是認眞的？我們要去哪裡？」

「我會帶路，你跟我走就對了。」

還以爲可以好好約會，沒想到她是來眞的，第一次約會要做的事是溫書，眞是令我失望透頂。眼見她滿腔熱忱，我便只好捨命陪姑娘，正奇怪尖沙咀有甚麼讀書聖地，沒想到她帶我去的地方是太空館旁的藝術館。

淡淡的藍天下，KIKI穿著花裙，肩掛布袋，走上通往藝術館入口的階級，整個人散發出水墨畫般的風韻。

買了兩張學生優惠票，我和她就進場了。

爲甚麼要來這種地方溫書？

很快，我就得到答案了。在KIKI帶領之下，來到一排可以坐著看海的沙發，隔著一大片落地玻璃窗，維多利亞港的波光像潮汐一樣，在我倆的眸子裡盪漾。

可以面對這樣的美景讀書，心情自然豁然開朗，讀書就不是那麼枯燥無味的事。

KIKI告訴我，假日時她喜歡在外面讀書，本來一直習慣獨處，今天就讓我加入她的世界。

這時間，館內的人不多，四周寧靜，的確是適合讀書的好環境。

整個時空，彷彿只剩下我倆。

我舒適地躺在沙發上，逗她說話：

「妳今天主動找我，來這麼浪漫的地方溫書……是不是對我有意思呢？」

「你不要胡思亂想。我只是翻了翻電話簿，覺得今天最有可能約出來的人，就是你了。」

我哼了一聲之後，又問：

「想問姑娘一個問題：到底男人要有怎樣的條件，才可以得到妳的青睞？」

「我的要求很簡單啊，就是他的成績必須比我好。」

「妳這麼說……不就是將很多男生拒於門外嗎？如果有一個不愛讀書的男生深深愛上妳，那怎麼辦？」

「如果他無法死心呢？」

「那他只好死心了。」

「那很簡單，他只要努力讀書，變得比我聰明就好了。」

KIKI一說完，隨即拿出課本，舉起螢光筆，在我面前專注地用功溫習。

書，不是用來收藏的。

我一直爲了讓自己的書保值，沒有在書上亂塗，再加上怠惰，所以每一頁都是白淨的。我在旁觀摩了一會，終於知道KIKI是怎樣讀書的，課文重點畫滿了螢光筆，主要用了三種顏色，每種顏色都有獨特的意義。

她說，用顏色來將資料分門別類，有助記憶。

她的筆袋裡，除了螢光筆，還齊備了多種顏色的原子筆，五彩繽紛，原來不是純粹好看，乃是爲了整理筆記而買的工具。名校女生的筆記，果然不同凡響，筆跡工整，井然有序，善用圖像和圖表，簡單扼要，KIKI做的筆記好得可以拿去賣了。

「妳已經在課本上標記了重點，幹嘛還要再浪費時間做筆記？」

「做筆記，不是抄抄就算了，必須經過理解才寫下去。親自做筆記，也是複習的過程，時間可不是白費的喔。而且，閱讀自己的字跡，感覺也比較熟悉吧？」

她不讓我照抄她的筆記，而是要我靠自己下苦功。

我習慣了臨時抱佛腳，這麼早就開始複習，實在有違我的本性，甚至感到無所適從。

「距離會考還有一年，現在就開始讀……不怕到時忘記嗎？」

「不會的。我們的大腦有了第一次記憶之後，再記相同的東西，效率會更好。重複又重複，反覆受刺激，記憶才會變成長期記憶。」

KIKI在白紙上畫了一張圖表，X軸是「時間」，Y軸是「記憶保留%」，一條下山坡似的曲線由左至右延展，說明記憶是如何隨著時間而被遺忘。

「這條曲線叫『遺忘曲線』。第一次產生記憶，記憶會在短期內急速下跌，但只要這時再給它一點刺激，記憶就會回升到高位，再次下跌的時間就會變慢了；如此重複了幾次，就可以牢牢記住。」

KIKI慢慢向我講解她的讀書心得。

不是花了比別人多的時間唸書就叫唸書，讀得巧比讀得多更重要。

有些人讀不進腦裡，就自摑幾巴掌，以爲可以幫助記憶，這個觀念是錯的；有些人勉強自己在書桌前坐滿八個小時，其實效率很低，就算眞的完成目標，也只是減少了內疚感，對提高成績毫無幫助。

讀書沒有偷懶的捷徑，卻有用功的竅門。

KIKI所做的一切，別有用心，就是向我展示她事半功倍的讀書法。

一個專業的考生，爲了準備考試，文具用品都經過細心挑選，小至用筆的顏色都要講究，不容有失；飲食方面亦要一絲不苟，「七分飽」是最理想的生理狀態，多吃豆腐和堅果類等富含有益腦營養素的食物，甚至在冰箱裡貯存新鮮的高鈣牛奶，緊張時飲用來舒緩壓力……

讀書原來有這麼多學問……

我聽了之後，驚歎得無話可說，沒想到她如此重視學業。

KIKI忽然伸出手，對我說；

「我要看看你的程度。上學期期末考的成績單，你有帶來吧？」

「有啊……不過妳看了之後不准笑我。」

出門之前，KIKI千叮萬囑，叫我將成績單帶給她看。我知道她有心幫我，為了成全這番美意，便遵照她的意思，帶來了中四上學期的成績單。

那張成績單，簡直可以用「血染的風采」來形容。

KIKI逐個科目看下去，額頭的皺紋一條比一條深……然後，我真的看見一滴冷汗由她的額上直流而下。

「你是完全沒讀書就進去考試嗎……」

＝＝＋（她在用質疑的眼神瞪我。）

「哈哈，我整個中四都在混啊，荒廢了學業，幾乎每天上課都在睡覺……」

「你老老實實告訴我，上次做了我出的物理試卷之前，你花了多少時間溫書？」

「從那晚跟妳通電話後……只有一天。」

「一天!?真的假的!?只用了一天，你就把艱深的力學弄懂了？從這麼爛的成績進步到那個程度？」

「呵、呵！不怕告訴妳，我小時候的綽號就是『天才兒童』。」

一絲特別的光芒閃過KIKI眼眸，眸子裡似有一輪皎月冉冉升起，又不知道有甚麼鬼主意。

她陷入沉思，樣子嚴肅得令我不敢打擾她。

「天才兒童，你先勝過我再說吧！」

KIKI好像有了決定，不疾不徐地從布袋裡拿出錢包，又從錢包裡取出一顆紙摺星星。

「書蟲，我決定要用你給我的第二顆星星。我要你每個星期六都跟我一起溫書。」

「每個星期六!?」

「每個星期跟我見面，很委屈嗎？」

我聽到每個星期都要溫書，心中真是寒透了，好像中了寒冰掌。

但是，看著KIKI將我送的星星妥善藏在錢包裡，就知道她很重視我的承諾，這件事令我感動得熱血沸騰，心中的寒冰都融化了。

這一次，我答應了她。

相約星期六。

我的命運，在KIKI循循善誘之下，漸漸有了很大的改變，只是我當時不知道罷了。

坦白說，這一天我讀過的東西完全記不進腦子裡，學業上一如既往沒有寸進，卻明白了《愛的教育》這本書的眞諦——愛，原來眞的可以感化一個人。我鄭重向大家推薦這本書，用它來參加下屆中文閱讀報告徵文比賽，一定可以奪得優異獎。

那個午後，我一邊看海，一邊在KIKI的啓蒙下做筆記。

我和她，肩並肩坐著。

很多年以後，我依然懷念這美麗的一幕。

從藝術館出來時，恰好是日落時分。

仲夏將至，天空晴朗，水波上的斜陽是一層金箔，兩岸的摩天大廈在倒影裡搖曳生姿，令人恨不得將這樣的美景鑲起留念。

我向上伸出雙臂，忍不住嘆息：

「夕陽無限好，只是不及裙底春光好！」

KIKI被逗得笑了，也不知她心裡是否覺得我低級。

橘紅色的紅暈照在她臉上，淡淡的膚色像抹了胭脂，這才是最美的……如果我是畫家，一定會有靈感，藉故爲她畫一張素描。

我這個帥哥和美女KIKI沿著海濱散步，如此一對金童玉女，自然羨煞旁人。溫習了半天，我用腦過度，讀得頭昏腦脹，連走直線都成問題。

「書蟲，你覺得痛苦嗎？」

「當然啊！」

「嗯。這就對了。曾經最苦的事，將來可能會變成最樂的事。」

「變態……妳是精神虐待狂嗎？」

「梁啓超說過，人生最苦的事就是身上揹負一種未來的責任。但反過來說，壓在肩頭的責任完了，就是人生第一等樂事。雖然現在很辛苦，但我相信到了考完會考的那一刻，就會有如釋重負的感覺，那就是人生中的最樂。可是，如果我們逃避，就無法享受那種快樂。」

考試，就是逃避不逃避的考驗。對學生來說，最大的責任就是讀書。

NO PAIN, NO GAIN——

若要躲，便是自投苦海，變成永遠不能解除的痛苦。

反正我是閒著，借讀書這個名義，可以親近KIKI，對我來說也是樂事。

每個周末抽出一點時間讀書，看似沒甚麼大不了，但積少成多，聚沙成塔，到最後甚至起著關鍵的作用——因爲別人在偷懶的時間，你正在用功。

如果能夠維持一年，那就是相當驚人的成就了。

之後，不記得有多少個午後，我和KIKI都在文化中心一帶溫書，有時在麥當勞裡賴著不走，有時是在咖啡店，有時是在平台上，感到倦了，就坐在石階上看藍天看雲海。那時候的維多利亞港未受污染，藍波碧漾，尖沙咀沿岸不見摩肩接踵的大陸遊客。

每個人心中都曾經有夢。

當我們還小的時候，對著稿紙，構思如何寫那篇「我的志願」作文，都會想像自己的將來。長大後，我們不會再寫作文，也不再和自己的心靈對話。

美好的事物總是曇花一現。

當有一天我們不再年少氣盛，衰老的心無法飛躍起來，青春原來已經悄悄走遠了。大多數人的人生都像被困在花瓶的水，無法衝破堅硬的花瓶，實現變成蒸氣飄上高空的希望。人生的機會隨著年齡而減少，所以在我們可以選擇的時候，要加倍努力。

我看著KIKI的側臉，心中泛起憧憬的感覺。

記得當時年紀小。

那一個黃昏，海面上有輪船，輪船上有雁兒在飛翔。

廣場上有人在彈吉他，恰好唱到一段歌詞：

「那時候天總是很藍。日子總過得太慢。」

□

自此以後，我兌現了星星的承諾，每個星期六都會找適合自修的地方，和KIKI一起讀書。之前在補習班上課的時候，曾擔心課程結束後不知要用甚麼藉口約她。現在，竟已不用再爲這樣的事煩惱。

有時候，放學無所事事，她也會約我到自修室，互相督促學習。

「來吧！請將我訓練成讀書機器吧！」

第一次跟她到自修室，我胸懷大志，豪言壯語。

這裡是公眾場所，我和她只用小聲對話，偷偷摸摸，很有幽會的感覺。

KIKI突然問我：

「書蟲，你對會考有甚麼期望？你的目標是多少分？」

「多少分？我是理科班的，按照我校的標準，十八分就可以升上原校。安全起見，我的目標是二十分吧！」

還以為她聽了，會覺得我託大，但她卻搖了搖頭，目光中饒有深意。這時她才緩緩地說：

「這樣的話，你是贏不了我的。我的目標是三十分。」

「甚麼？三十分？那不就是滿分嗎？」

「如果我考到六個A，你唯一勝過我的辦法，就是考七個A、八個A……」

「怎麼可能？」

「將目標定高一點，才有挑戰性。」

KIKI笑了一笑，而這個笑容充滿自信。

我在心裡嘀咕，暗罵她是個瘋子，每一科只有2%至4%的頂尖考生能拿A，每屆會考考獲六個A以上的考生不足五百人，七優、八優、九優生更是鳳毛麟角。可是大丈夫不能打退堂鼓，既然決定要追求她，就要陪她追求同樣的夢想，不管這個夢想是否有可能實現。

她接著從文件夾裡取出一疊紙，除了最上面一張紙印滿字，剩下的都是算術用的草稿紙。

「這張工作紙上有三十道題目，是我中四上學期的功課，是簡單的因式分解。給你一個小時，你能做完嗎？」

「……」

「怎麼了？」

「我沒學過……」

「(@~@)（她差點要昏倒了）」

當她發現我一題都不會做，眞的是氣得欲哭無淚。數學科和附加數學科的老師都是同一個人，不知道爲甚麼，在她的課堂上睡覺特別有快感，欠交她的功課，簡直是人生一大樂事。

遇到我這種問題學生，KIKI應該相當頭痛，但她不是輕易言棄的人，諄諄不倦，拿起自動鉛筆和白紙，便示範解題的步驟。

「我只會教你一次，你要留心看清楚，明白嗎？」

「妳肯教我？」

「對啊，我免費幫你補習。」

「老師您好！有妳這麼漂亮的補習老師，我一定會好好用心學習。」

我最喜歡她教我解題的時候，身子靠到我旁邊。她的長髮有淡淡的清香，這時候我用力呼吸，眞是快活銷魂，勝似西山宴遊。

「妳這樣花時間教我，會不會影響妳日常的溫習？」

「還好。我教你的時候，同時也是幫自己複習，弄清楚很多概念，所以對我也有好處。」

過往我去自修室的目的，只是爲了免費空調。現在有了更重大的意義，就是來見KIKI。

今次是附加數學，下一次是化學，再下一次是生物……她並不理會我在學校的學習進度，只是由中四上學期的課程開始教，幫我打好各科的基礎。

每次，我都會和她比試，做同一份考古題集，或者不知哪裡找來的練習題。爲了滿足我好賭的性格，我們各拿出一枚硬幣，誰輸了就要請對方喝飲料。我一直以爲自己天資聰敏，一定可以很快超越她。殊不知這個名校女生比我想像中厲害得多，她的分數總是遙遙領先，五十題選擇題，正確率都在90%以上。再複雜的問題，在她筆下都會迎刃而解。

這時我才了解，我碰到的並非一般女生，會考三十分的宣言，可不是她隨口說說的笑話。

難怪之前追求她的男生都自動消失……

我很好勝，但就是無法勝過她，正是因爲不肯落後，所以中了她的激將法，更加勤奮讀書，熟讀每一本天書的精要，鑽研解題的竅門。

國英數理，不分晝夜……

不知不覺，中四下學期到了尾聲。

天上的星星沿著銀河緩流。

會考的腳步愈來愈近。

天依然很藍——

在烈日與暴雨下

我和她相逢在陌生的網路上。
在那之前，她有她的，我有我的，方向。
遇見，然後改變。
她就是改變了我的人。
我永遠不會忘掉，這交會時互放的光亮——

14 維港仲夏夜

夏，來臨了。

踏入暑假之前，就是高考放榜的日子。

我們的回憶——

好像停留在那年夏天。

高考之後，傷殘輝找過我和阿雪，但阿雪都用功課忙和考試繁多當藉口，推卻他的約會，爲了幫她圓謊，我也拒接了他的電話。

直到某一晚，我夢見散著頭髮、滿臉污泥的傷殘輝……猛然嚇醒，才驚覺該聯絡他了。

時近放榜，風聲鶴唳，鋪天蓋地的補習班廣告氾濫各區，收音機和電視上都是放榜的消息，偶然聽見讓考生訴苦的節目，得知明天就是高考放榜日，便又想到傷殘輝大限已到，難怪我會作那種噩夢。

恰好學校考完試，正值試後假期，我便偕同阿雪和泰坦尼哥約了傷殘輝出來，陪他度過放榜前的一晚。

當傷殘輝接到我的電話，好像十分驚訝，然後好像在電話另一頭啜泣。

「書蟲賢弟，你對我眞好……有人說過，在放榜前夕陪伴在你身邊的人，才是眞正的朋友……謝謝、眞的很謝謝你關心我。今晚，我們合唱一首〈友情歲月〉，然後互割一刀，滴血爲誓，成爲刎頸之交……」

「要刎你自己刎吧。我才不想和你搞這種關係。」

這時候我才知道，如果不是我大發慈悲，傷殘輝今晚就要獨自瑟縮在被窩裡，寂寞地等待命運的結果。

他不是人緣差，而是因爲年紀太大，聽說他出現在考場的時候，其他考生都誤當他是校工。跟他同年的朋友，甚至有了孩子。礙於羞恥之心，實在不好意思叫大家出來陪他等放榜；而傷殘輝的同班同學一點都不尊敬他這個前輩，背地裡都在取笑他這個重讀生。

「一個重讀生有多絕望，你會知道嗎？當我看見朋友都升上大學，甚至出社會工作了，而我還在原地踏步。想當年，在舊同學聚會裡，他們都在討論要選哪一所大學，選甚麼科，我完全無法插嘴，就像一個局外人。」

聽到這番話，我爲他感到心酸，但忍不住出言譏諷：

「誰教你重讀啊？自取其辱。」

「你懂個屁！難道我不想找份安穩的工作好好混日子嗎？沒學歷，出社會只是死路一條，別說是低三下四的工作，連不三不四的工作也輪不到我。」

「你可以靠走偏門來開拓一條活路。」

在電話另一端，傷殘輝沉默了很久。我自知說錯了話，立刻安慰他：

「抱歉，我忘了把你的外表考慮在內，你並不是黑白兩道招攬的人才，只好……只好繼續唸書，重讀到不能再重讀爲止。」

「書蟲，明天我放榜，說些好話來聽聽好嗎？」

傷殘輝用央求的語氣說。

「明天放榜，你有信心嗎？」

「基本上有信心……就怕英文科。」

傷殘輝在電話裡說，他考英文口試的時候，小組討論環節出現了兩頭怪物，展開了激烈無比的攻防戰。

監考老師按下計時秒鐘，討論正式開始。

「LET'S START THE DISCUSS……」

「LET'S BREAK THE ICE!」

此話一出，當眞有劈開冰山的架勢。

傷殘輝欲以一百米起跑的速度說開場白，話未說完，卻被A小姐以更能博取主考官歡心的強勢開場白打斷。

A小姐取得了主導權，死也不肯停下讓人插嘴，滔滔不絕地連續講了兩分鐘，甚至連監考官也好奇地想知道她的肺活量能否支撐到結束。

優秀的泳者也只能在水中閉氣兩分半鐘，A小姐終於不行了，需要換氣。B先生趁她吸氣的一瞬間，加入對話（自言自語），獨佔了兩分鐘。不得不提的是B先生的英文其實很爛，連監考官也聽得一臉茫然。

看著B先生停頓的一刻，傷殘輝蓄勢待發，正想插嘴，怎料A小姐捷足先登，她吸了兩分鐘的空氣，又連續發表了兩分鐘的廢話。但A小姐這次學乖了，說話終結的一刻，邀請一直閉嘴的傷殘輝發言。傷殘輝清一清嗓門，才說了半句：「IN MY OPINION……」A小姐完成換氣，又奪去了說話權，假仁假義地說：「THANK YOU FOR YOUR OPINIONS, BUT……」間接證明中國人的禮讓只是形式上的禮讓，骨子裡其實是虛偽無比。

B先生發覺孤掌難鳴，就和身邊的C小姐雙劍合璧，紫青雙嘴，連珠炮發，噴得傷殘輝滿臉唾液星子。

限時快到，傷殘輝再不講話就要吃鴨蛋，但他三番兩次想插嘴，總沒有一次成功，完全被組員的氣勢壓倒。

嗶嗶……

計時器響了。

結果，最後傷殘輝沒有完完整整說完一句話，在英語對話上下的苦功毫無用武之地。

在這個放榜前的夏夜，我們決定不眠。

共度今宵的有四人：除了泰坦尼哥、阿雪和我，當然少不了主角傷殘輝。

泰坦尼哥在補習班混得很好，深受重用，成了補習街上的名師，學生人數愈來愈多。說實話，很多學生都是挑樣子來選老師，泰坦尼哥形象不羈帥氣，又很會搞笑，在補習班包裝之下，輕易就得到大眾的歡心，大紅大紫。

阿雪的父母擔心她誤交損友，本來不准她夜晚外出。泰坦尼哥只是將自己的畢業證書傳真給她的父母，一切就搞定了……阿雪的父母雙眼燦燦發光，還勸她要好好向這位大哥學習。

在約定的時間地點，我遲到了二十分鐘，但只有傷殘輝一個準時到達……因爲阿雪和泰坦尼哥熟知我遲到的習慣，所以都會比我更加遲到。

地鐵站裡，我和傷殘輝像兩個傻子，站著聊天。

他打算和我們玩個通宵達旦，然後明天直接去學校拿成績通知書。站內的冷氣夠涼快，可是傷殘輝滿頭汗如雨下，五分鐘內，用完了一包紙巾，任誰都看得出他十分擔憂和緊張。

「你又不是第一年考，有甚麼好緊張的？」

「我真的很緊張噢！我覺得這次有希望！」

「考出來的結果通常和你期望的剛好相反……」

我把剛到嘴裡的話吞了下去，雖然平時很愛揶揄他，但顧及今晚他的感受，我決定收斂一下，順便岔開話題。

「高考之後，你做過甚麼有趣的事？」

「高考一結束，我和同學到了郊外ＢＢＱ。大家把預科兩年的筆記疊起來，足足有離地一公尺那麼高。燒烤爐的炭起了火，我們就把筆記統統拋進爐裡去燒。一切和考試的糾葛，就此了斷，哈哈！」

燒成灰燼！很痛快呀！

嘿嘿嘿嘿嘿嘿！

我可以想像一伙中七畢業生興奮縱火的樣子。旁人一定以爲他們是瘋子，但只要是經歷過「高考煉獄」的考生，都會有同樣的縱火慾，恨不得盡快徹底殲滅那些折磨人的課本和筆記。

阿雪和泰坦尼哥終於出現了，我餓得肚子嚕嚕叫，便催促大家快走。

泰坦尼哥心情好，說要請大家吃大餐，條件就是要我和阿雪幫他批改學生的英文作文……這種事，我倆早已見怪不怪，當補習天王的小助手，也學到不少考試的竅門。

餐館裡，傷殘輝一直痴痴凝望著阿雪。

「喂，你幹嘛一直看我？」

「我……我怕今天不看個夠，以後就沒機會了。」

「爲甚麼？」

「我怕，我這次重考再失敗的話，我會做出傻事，以後就無法再見妳了……」

我捂著嘴巴，覺得很好笑，結果挨了阿雪一腳。

晚上十一時左右，我們來到了尖沙咀海旁，各處聚集了不少成群結黨的年輕人，眾多稚氣老成的面孔，應該都是等待明天放榜的考生。

上次我來這裡，看見日間的維多利亞港。

這次再來，是維多利亞港的夏夜。

尖沙咀的日與夜，由碧波盪漾變成燈火輝煌。

憑欄看港灣，對岸燈光通明，璧月與黛雲不經意浮沉在帶點蒼涼的黑海上，沿岸聳立的高樓有如花枝招展的妃嬪，把天上的飾物摘了下來，玉帶環腰，華燈霓虹，在晚風之中輕解一襲夜色的羅裳。

雖然身在鬧市中，卻有種遠離塵囂的感覺。

這一晚……四個人，竟然無聊得在文化廣場的階級上玩飛行棋，結果是阿雪和泰坦尼哥輸了，要去買消夜。

迎著晚風，我和傷殘輝走向海邊。

他笨手笨腳地坐上欄杆，手裡拿著喝剩半罐的啤酒，眺望著對岸港島的夜景，忽然自嘆半生一事無成，對我傾訴：

「我這兩個月做暑期工，在商業區搬貨時碰到老同學，他已經大學畢業，在銀行上班，開始賺大錢啦……他穿西裝我穿臭制服……我覺得自己很失敗，到了這一把年紀，還沒牽過女人的手，前途又茫茫。」

他的眞實年齡到底是幾歲……我眞想解開這個謎。

「書蟲，唉，我眞的很擔心考不好……會考重讀，我已經覺得很辛苦，千辛萬苦升上中六，又再掉入地獄……考前一天，我緊張得完全睡不著，睜著雙眼盯著天花板等待天亮，胸口悸動，那種恐懼眞的很難形容……」

「過去的都過去了。就當是作了一場噩夢吧！」

傷殘輝疑惑地問我：

「夢醒了，現實又是甚麼？」

我語塞了，想來想去都想不出好的回答。難道我要告訴他「現實是個更大的噩夢」嗎？

「既然……既然不想面對現實，就繼續睡覺吧！」

「一個人不能睡一輩子的覺，睡覺時也會覺得餓，要起床吃東西。夢歸夢，現實歸現實，公開試成績是跟著你一輩子的，升大學都要靠它，別人就是用它來評價你的。如果……明天眞的遭遇不測，就證明我不是讀書的料，我會面對現實。」

能說出這番道理，傷殘輝讓我看到他成熟的一面。

他嘴裡說「明天」，其實過了零時零分，放榜已經變成「今天」的事，再過大約七個小時，影響他一生的結果就會出現。

他遙指對岸繁華亮麗的摩天大樓，目光中盡是殷盼。

「在那些摩天大樓上班的人，是不是都是成功人士啊？」

「你也可以的。你明天就可以在那些摩天大樓上班，只要不介意做清潔工……你是殘疾人士，他們不請你，會觸犯反歧視條例……」

師長總是告誡並勸慰我們，人其實不應爲比不上別人而難過。但是，從我們出生那一刻開始，就要接受各式各樣的評估，一生都要活在比較之中。成績不等於一切，出社會工作，學業成績根本不重要，總有出頭天……這一套說法，今天已成夢話。成績不如別人的話，就要比家世背景，如果連身家都比不過人家，那麼這輩子還有成功的希望嗎？不走康莊大道，要走偏狹小徑的話，不幸跌死的人不知有多少，枕骸遍野隨百草。

這個社會，會給考試失敗的人機會嗎？

放榜這一天，就成了很多人一生的分水嶺。

□

從看見傷殘輝獨自發愁的一刻，我就有股推他下海的衝動。雖然到底下不了手，我還是和泰坦尼哥串通，合力將傷殘輝拋到噴水池裡。

傷殘輝的襯衫和牛仔褲都濕透了，當他正在擰乾襯衫的時候，我們終於看到原來他穿著紅色內褲……想不到他這麼迷信，我不禁懷疑，他赴考的每一場考試，都穿著同一條紅內褲……

我們各自拿出一個硬幣，一同站在噴水池前。

噗通！

傷殘輝雙手合十，虔誠許願之後，就將硬幣拋到噴水池裡。

噗通、噗通、噗通、噗通！

泰坦尼哥、阿雪和我的硬幣都一一拋了進去，水面激盪出一輪又一輪的漣漪。

隨隨便便把一個噴水池當成許願池，雖然我們都覺得有點不妥，但不管願望是否成眞，這樣做了之後，心情的確舒服多了。

根據「逢二進一」的往例，老天這次應該讓傷殘輝升上大學。

看看手錶：早上四時多。再過不到四個小時，高考就要放榜了。

一堆失敗者和成功者的標籤早就準備好了，就只等他們自己上前領取。

那個特別的日子，是很多人一生都不會忘記的日子。

夏蟲爲我們而沉默。

夜色漸淡，太陽由東方升上來了……

15 老殘中舉

說到底是一場朋友，我和阿雪決定陪傷殘輝回學校。

「這樣……算不算送他最後一程？」

阿雪狗嘴吐不出象牙，嘴裡都是不吉利的話。

看完日出，我們離開尖沙咀，陪傷殘輝回家換衣服。之後，我們在學校附近找了一間酒樓，叫點心飲茶。

鄰座的老伯一邊翻報紙，一邊發牢騷：「現在的學生眞不濟！中文科的及格率一年比一年低。連自己的母語都學不好，還學甚麼外語呢？」

傷殘輝聽到這話，面色都變青了。

「高考的中文科很難及格嗎？」阿雪問他。

「這一科，正確的名稱是『中國語文及文化科』。這是一科害人不淺的狗科，每年都有很多考生因爲這科不合格，達不到升大學的基本要求。」

「考甚麼的？」

「主要考聽、說、讀、寫四方面的能力……外人根本不了解，這一科狗屁不通，考的不是學生實際的中文能力！由於評卷制度太過主觀，考生的答案都要盡量取悅閱卷員。答題目時，要宣揚中國文化的美好，踐踏西方世界的弊病，作答務必引用『中國人重人情味』、『中國人好和平』、『中國科學強調天人合一，不求征服自然』的觀點……仁義禮智，中庸和平，萬物有情……考生統統冒充君子，簡直是政治洗腦！」

哦……那就是說，愈虛僞的人愈能取得高分，果然符合這個社會對人才的要求。我爲傷殘輝擔憂，他又聾又啞，做人太老實，人醜字醜，要通過這門學科著實不容易。

天亮了，等待成績出爐的前一刻，對每個考生來說都是煎熬。

泰坦尼哥結完帳，就說要回家小睡。臨別前，他鼓勵傷殘輝：「老輝，我幫你算過，放榜的一刻是你的吉時，一定一舉奪魁，金榜題名！GOOD LUCK！我現在很睏，睡醒後收到你的好消息，下午幫你慶祝！」

他這個人，常常高估傷殘輝，把話說得太滿了。

我們不坐公車，漫步回校。

日在正東，晨曦如牛油紙般覆蓋大地。

在筆直的斜坡上，白雲像是從天際慢滾下來的石塊。

這條往返學校的路，傷殘輝已走過無數遍，在烈日下走過，在暴雨下走過，在沙塵滾滾時走過。太陽剛出來，刺眼的陽光穿透氤氳的熱氣，照得大家的臉上發燙，嘴巴乾乾的，汗水滲透了衣物。

路並不崎嶇，但傷殘輝步履艱辛，這一段路上，他總共上了五次廁所。我眞同情他，走了大半輩子冤枉路，如果還是碰壁，他的命也眞的太苦了……

這天是高考放榜的日子，畢業生不穿制服回校。只見滿校擠滿等待放榜的人群，一張張不同的臉譜，表情單調，不是愁容，就是強顏裝笑，都像爸媽快要死掉一樣。

處處都是關心成績的對談，處處都是強顏歡笑的面孔，我和阿雪四處聊八卦，和幾個學姊談天、祝福幾句。看見CALCULATOR也回校了，他的一舉一動就像個密探。我暗暗納悶：

「別人放榜關他屁事？」

鼓勵聲、吹牛聲、開玩笑聲，聲聲入耳。

校工出現，傳召學生進教室。

我推了阿雪過去傷殘輝面前。她對他再無情，這時候也不得不說些鼓勵的話。

阿雪猶豫了片刻，就說：「你成績滿意的話，不用再來找我了，上了大學是另一個新天地，到時候……」

傷殘輝卻斬釘截鐵地說：「阿雪！妳不用擔心！我上了大學，也不會變心！始終對妳不離不棄、一往情深的！」

……∞個無奈

我從阿雪眼裡閱讀到這樣的訊息。

「書蟲，你讀過〈范進中舉〉這篇課文嗎？」

「還沒有。」

「這篇文章對我激勵極大，我一直牢牢記著其中一句話：『自古無場外的舉人，如不進去考他一考，如何甘心？』范進苦學四十多年，不停重考又重考，憑著愚公移山的傻勁，最後成了舉人，今天終於輪到我了。」

我奉勸各位恐懼考試的人快抄下來，傷殘輝這番肺腑之言很有道理啊！

「GOOD LUCK！祝你好運！」

在樓梯下面，我仰望著傷殘輝的背影，他整個人好像霎時變高了，但走了只不過一層樓梯，就開始氣喘了，拿出紙巾來抹汗……

他進去了。

有人歡喜有人愁。

有人尖叫有人泣。

這是發成績單時永恆不變的場面。

放榜當天，一群同班同學共處一室，彷彿將成功者和失敗者放在同一個籠子裡，喜怒哀樂同時爆發，真像一種殘酷的活體實驗。

我和阿雪暗暗擔心起來，望著上方的窗口，很怕傷殘輝的身體會從那裡跳出來。

蹬蹬蹬，樓梯上傳來急促的腳步聲，有個學長衝下來了，奔向爸媽的懷抱，喜極而泣的淚光劃過了半空。看著這個人握著成績通知書，失笑成那個樣子，我竟有種不寒而慄的感覺。

有個學長，坐在長桌那邊，獨自盯著成績通知書，看了一遍，又再看第二遍，然後露出一個詭異的笑容。看他笑成那個樣子，就知道成績很理想，他是今天的勝利者。

等了很久，學長學姊陸陸續續出來，有的沮喪，有的痛哭，有的忍著笑，有的歡顏大悅，就是不見傷殘輝。

又聽到一些傳言，說高考經濟科只有一個人拿A，而這個人竟然是傷殘輝！阿雪和我互相握緊手臂，對望了一眼，真心慶幸聽到這樣的喜訊。

沿著那條昏暗的樓梯，傷殘輝終於下來了，走在人群末端，陰影的深處。

「考得怎樣？」我問。

他搖頭了。

然後傷殘輝滿臉黯然，完全不理會我和阿雪，一瘸一簸地朝校門走去。

他將成績通知書捲成一筒，我在後著追著，叫了幾聲，他都充耳不聞。我心急之下，直接奪過他的成績通知書來看：

經濟學：A

會計學：B

通識教育：C

英語運用：F

中國語文及文化：U〔註〕

不合格的兩科是必修語文科，中文和英文……看著這麼奇幻的成績單，我也不知要說甚麼了。據我所知，以這樣的成績組合，是無法升上任何一間大學，也難怪傷殘輝受不了這樣的刺激，因而精神分裂。

註：「U」爲傳說中比「F」還低一級的終極爛成績。

我和阿雪面面相覷，一直跟在傷殘輝後面。

「你要去哪兒？」

「去找工作。」

我心想，一放榜就去找工作，這也太急了吧？

傷殘輝唸唸有詞：「沒有學歷……有甚麼好工作呢？」

我指著路上某家速食店的招牌，嚷道：「理想工作在眼前，不需任何學歷。」

他眞的進去了，只是以顧客的身分光顧，花光了身上的錢，拿著十五個漢堡請我吃、請阿雪吃、請街上的路人吃。然後他瞧見燈柱上的「升學詐騙」廣告，撕了下來，捏成紙團塞到自己嘴裡，狀似瘋癲。

「他是不是失去理性了？」

阿雪扯著我的臂膀，感到相當不安。

我買了一份求職報，想幫傷殘輝找工作，但我發現所有高薪厚職的工作，應徵者都必須具備大學學歷。

有學歷，未必找到好工作。

但沒有學歷，未來一定是「命途多舛」。

以前的學歷據說是可以用錢買來的，我覺得這個制度很好，人人都有一份滿意的學歷，這個世界的紛爭豈不是大減嗎？哈，如果由我來當教育局局長，莘莘學子有福了。

泰坦尼哥也在這時打電話來了，問起傷殘輝的情況，我如實報告，他便說會盡快過來。就在掛斷電話後不久，阿雪突然嚷道：「傷殘輝要闖紅燈啦！」

於是我和阿雪跑過去看，這時傷殘輝已經披頭散髮，掉了一隻鞋子，嘴裡不知在呢喃甚麼，不停攔住路人，問他們往大學的路怎麼走……

傷殘輝回頭看到了意中人，激動地問：

「阿雪，我落榜了，一事無成，妳還當我是朋友嗎？」

「當然！」

「做我的女朋友呢？」

「這不可能。」

「為甚麼不可能？」

「我們……我們的關係，根本就不是情侶那種性質。」

「妳給我的關心全都是同情嗎？」

阿雪沒有回答，面有委屈之色。傷殘輝這番見解一針見血，他若把這技巧應用在寫評論文方面，中文科就不會不合格了。

正以爲他會因絕望而心死，想不到他厚著臉皮說：

「我不介意啊！請繼續同情我吧！我需要妳的同情心來活下去……」

然後傷殘輝狀似強吻，挨向阿雪……

啪！

阿雪爲了自保，用力打了他一巴掌……

傷殘輝不堪一擊，雙腳軟垂，後仰倒地。

「你還有力氣站起來嗎？」

我扶起傷殘輝後，立刻用濕紙巾擦手，免得沾上了落第考生的晦氣。後來覺得此舉實在不夠朋友，只好盡力安慰他：「天生我才必有用，廢鐵也賣兩毛錢。你要相信自己，不要再難過了！」

「我難過？哈哈，我沒有難過，現在很快樂啊！樂透了！以後都不用唸書！太快樂了！嘿嘿嘿……」

他又繼續走，眞的瘋了，臉上一直保持傻笑。我和阿雪在後面跟著。來到公園，他傻愣愣地繞著花圃，沿著一樣的路重複又重複地走，就像他那千秋萬世重讀的人生一樣。

阿雪目不轉睛地看著那邊的公車站牌，我就知道她有古怪。

「書蟲，照顧傷殘輝這件事就拜託你啦！」

「慢著！不准走！」

在陸運會的班際接力賽，她負責跑最後一棒，溜之大吉的速度可不是說笑的……女人被自己討厭的男人纏著，要多絕情就有多絕情……

我再打電話向泰坦尼哥求救，催促他快點過來。

「泰坦尼哥，救命！」

「怎麼了？」

「我看……傷殘輝他快不行了，一面語無倫次，一面在公園裡捏泥巴吃……」

「不用擔心，我有辦法。對付瘋了的人，只要找他最怕的人來打他一巴掌，吐出一口痰，他便會清醒過來。」

泰坦尼哥一來到，一拳就揍向傷殘輝。

○_x（傷殘輝的左眼腫了）

「你哭甚麼？不准再哭！」

x_x（傷殘輝兩隻眼都腫了）

泰坦尼哥揪住傷殘輝的衣領，喝聲說教：「人生不該為成績單上的分數流淚！你當我們是朋友就不要哭。朋友是甚麼？朋友就是不論富貴貧賤、成績高低，都會站在你身邊的人！就算你成績再爛，我們依舊是你的朋友！」

泰坦尼哥很偉大啊！

傷殘輝漸漸恢復神智，眼神明亮，不瘋了。

他看著泰坦尼哥，惘然道：

「我……我應該怎麼辦？我根本不知道明天早上可以幹甚麼。」

「哎呀，你這是甚麼話？讀了這麼久的書，還是上不了大學，你就此甘心嗎？」

「不甘心……絕對不甘心！」

「那就繼續重讀吧！」

「但是……但是我的課本已經燒了。」

「我這個暑假和朋友合資開了一間書店，專門賣二手教科書和參考書，還有不少存貨，我就用友情價賣給你吧！」

司馬昭之心，路人皆見……

一聽又要重讀，傷殘輝整個人猛顫了好幾秒，隨即癱瘓，昏了過去，再也無法甦醒過來。

我指著躺在地上的傷殘輝，問泰坦尼哥：

「怎麼辦？傷殘輝還是沒有醒來。」

「既然……他最怕的人打他行不通，就要找他最愛的人來打他。」

「阿雪已經試過了。他變得這麼瘋，我覺得是受到學業和愛情的雙重打擊。」

「他這樣躺在人行道上也不是辦法，先把他抬上我的車吧。」

幸好泰坦尼哥的車停在附近，我倆合力將傷殘輝抬了過去。

泰坦尼哥打開後車箱，將傷殘輝肥胖的身軀塞進去……我提出疑問，爲甚麼不把他放在後座，泰坦尼哥就說這樣做比較方便。

幸好當時沒有警察經過，要不然一定以爲我倆在處理屍體……

泰坦尼哥載著我去兜風，到了新界那邊的黃金海岸。他問我會不會覺得無聊，然後打開車內的小螢幕電視，塞了一堆A片給我。至於他幹嘛在車裡放這種東西，我沒有過問，也不想知道答案，只是仔細檢查車椅上有沒有污穢……

當他將A片拿出來的時候，有張照片掉了出來。

這是一張畢業照，照片裡的男人笑容燦爛，頭戴四方帽，穿著黑袍，樣子和泰坦尼哥有幾分相似。

「泰坦尼哥，他是誰啊？」我好奇不已。

泰坦尼哥悠悠望出窗外，輕描淡寫地說：

「他是我弟弟。」

他揉弄在指間的是一支電子菸，就算沒有煙霧的襯托，他的眼神還是那麼憂鬱和不羈。

趁著這個機會，我問起他的往事。

「魯迅有一篇很有名的文章，叫〈風箏〉，記述了他懲罰弟弟的經歷。沒有寬恕的認罪，對一個人來說就是最大的懲罰了……」

就在泰坦尼哥和我認識快滿一年的時候，他終於敞開心扉，向我透露一段沉重的往事。

滾滾紅塵，記憶淡淡浮現……

16 風箏

童年，彷彿一場夢。

窺往兒時記憶的縫隙，在一片綠草如茵的草坪上，弟弟正在放風箏，仰首看著飛得很高的風箏，偶然又朝我露出得意洋洋的微笑。

輸給小我四歲的弟弟，我看著自己手上那只一蹶不振的風箏，毫不在乎地笑了笑。這種勝負根本毫無意義。弟弟的確有放風箏的天分，就讓他贏一回好了，反正當我們回想童年，放風箏的次數只有那幾次。

除此之外，我弟弟甚麼都比不上我。

他是我的「跟屁蟲」，說得難聽一點，他這輩子只能活在我的陰影下。

我小時候，最喜歡家庭聚會，我的家族雖然不是名門望族，但親戚都是上等人。上等人的意思，就是說我們比一般人優越。儘管在那個時代大學畢業是很罕貴的榮耀，我家親朋眾多，學歷最低的都是學士。

「談笑有鴻儒，往來無白丁。」這句話眞是形容貼切，恰好說中我家裡的景況。

我最喜歡坐近一些擁有碩士、博士頭銜的UNCLE和AUNTIE，聽他們講道理說趣事。親近有學識的人，會讓我有種高高在上的自豪感。當他們稱讚我聰明，我的自信就會膨脹起來。由於聽了太多讚美，我早就有一套近乎完美的答辯，儘管我心裡傲慢自大，大人都給我扣上一頂叫「謙虛」的高帽子，我輕而易舉就盡得他們的歡心。

而這時候，我弟弟總是很自卑地孤坐一角。

他有自知之明，這邊不是屬於他的世界。

爸爸是個嚴父，苦學成才，常跟我們說爺爺奶奶賣掉最小的妹妹，來供六兄弟姊妹上學的事。「萬般皆下品，唯有讀書高。」這是掛在我家大廳的楹聯，對一個出身寒酸的人來說，讀書就是脫貧的最好辦法，而讀書人的故事都是可歌可泣的——君不見每年公開試放榜，報紙新聞歌頌的都是金榜題名的狀元？

上等人與下等人，學業成績就是一條分界線。

而公開試的結果，就是很多人一生的分水嶺。

故此，爸爸對我和弟弟的管教苛刻，要求極高，近乎不近人情，但我總是達到他的期望。相反地，弟弟就沒那麼好受了，氣死爸媽，要說他有甚麼最特別的專長，挨罵就是他的看家本領。每當爸爸大發雷霆，他總是怕得發抖，躲在被窩裡，任何人在旁看了都會覺得可笑。

「唉！你怎麼不學學你哥哥？你哥哥做得到的事，你也一定能做到！世上沒有讀不成書的蠢材，只有不夠努力的懶人！」

爸爸曾帶弟弟去看腦科醫生，又去看精神科醫生，結果沒驗出甚麼病來。我甚至懷疑他去做過基因親子鑑定，證明弟弟是他親生的。

說實話，我也十分同情我的弟弟，誰教他有個年年考第一的哥哥。我也不想的，我也是時勢所迫，自小我就聰明到了極點，別人覺得很困難的習題，我幾乎不用思考，就能寫出答案。

我很堅強，很少哭，但心靈其實脆弱無比，有次測驗只拿了九十八分，我就哭了好幾天，不停責怪自己的輕忽，這種感受應該只有我這種第一名的學生才會明白吧？

小學第一，中學第一，即使在最頂尖的名校，我的成績都是名列前茅。

「哥哥，你讀書有甚麼竅門？你是怎麼唸書的？」

出乎我意料之外，弟弟竟然從來沒向我請教過這樣的問題。

可能他早就認命了，我這一套他是學不來的，因爲我的頭腦是萬中無一的，我生來就是個適合讀書的奇才，在古代是要當入朝廷的榜首狀元郎，在享盡榮華富貴之餘，才動腦思考管治黎民百姓的法子。

在我爸爸珍藏的相簿之中，有一張弟弟笑得特別燦爛的照片，因爲那年他用功唸書，加上一點運氣，考到全班第一名。班主任發送圖書禮券，給全班三甲的同學拍照留念，聽說考第三的還是弟弟暗戀的女同學。

「又不是全年級第一名，有甚麼好驕傲的？」

爸爸看完弟弟的成績單，當頭澆了冷水。

那天還是舉辦了一場慶功宴，邀請了親戚，同時慶祝我被英國的劍大錄取。弟弟眞不幸，難得一洗頽風，鋒芒就被我蓋過。

「對你們兩兄弟，爸媽是一樣疼愛的。但因爲哥哥會唸書，爸爸才特別奬勵他。這一點你要明白，我是天秤座，做人很公正。」

幸好這番苛刻的話並沒有打沉弟弟的鬥志，他的成績騰升上去了，好像一只已在雲端上的風箏，就沒有再下滑的跡象——後來我才發現這只是一個假象。

弟弟升上中四，文科班之中的資優班。父母一直關注他的成績單，沒有稱讚也沒有批評，只是叮嚀他再用功一點，期待再看見他的進步。每次訓勉完畢，爸爸都會塞一些錢到弟弟手中，勸他多上學校外面的補習班。

我那時已經到了英國留學，每逢暑假都會回來。當我瞧見弟弟考試前夕懶洋洋的態度，不禁懷疑起來。像我這種過來人也不可能不複習，就憑天資過關，更何況弟弟在我眼中一直只是個笨蛋。

弟弟拿成績單回家，以爲過了爸爸那一關就沒事，壓根兒沒想過我會溜進他的房間。

我關上房門後，繃著臉質問他：

「你給爸爸看的成績單，是僞造出來的吧？」

然後我舉起在他鎖著的抽屜裡發現的一張紙，這才他眞正的成績單。他頓時啞口無言，羞怒交迸，咬著嘴唇沒有狡辯，只央求我不要揭發他。

我無論如何都不肯，直到他在我面前跪了下來。

呆呆看著弟弟對我下跪，我怔住了好一會，然後心頭好像有個難以癒合的傷口在淌血。

在那之前，看著爸爸懲罰弟弟，我都是冷眼旁觀——但這一次，我再冷酷，也知道事態嚴重，便猶豫要不要替他隱瞞。

弟弟爲了獲得我的信任，立刻發了個毒誓，下不爲例，否則死無葬身之地。

「你最好眞的是痛改前非。總之你要知道，你不好好唸書，在我們這個家就是失敗者。」

我痛斥了他一頓，便答應替他隱瞞。

吃一塹長一智，弟弟受了教訓之後，似乎眞的認眞唸書，會考成績令人喜出望外，後來獲美國華盛頓的大學錄取。和父母商量後，弟弟便赴美升學了。媽媽偷偷對我說，弟弟決定到外國唸書，原來是受了我的影響，要追隨我這個哥哥的步伐。

我曾懷疑弟弟，便用了一個代替父母監督的理由，將弟弟的大學系統登入帳號弄到手。當我登入那大學的官方網站，看見弟弟的英文姓名和學業記錄顯示在螢幕上，終於相信了弟弟。

「是眞的。」

我寬懷地笑了笑。

弟弟眞的洗心革面，眞的開竅了，懂得滿足父母的期望，全家皆大歡喜。

每當親友聚餐，談到學業的事，他終於可以抬起頭，一邊暢談在外國的生活，一邊瞄著我說：

「對！我會以哥哥爲目標，甚至比他更厲害！」

我有時一笑置之，有時會用玩笑的口吻回答：

「我接受你的挑戰，放馬過來吧！」

我從名校畢業後，多間國際知名大企業向我招手，而我當然選擇了最高薪的工作，當一名幫富人管理財富的投資銀行家。

我愛賭博。投資是有風險的，就像賭博一樣，但我是用別人的錢來「下注」，輸了只須道歉，贏了就可以分紅，動輒數千萬港幣上下的金額，都變成了我的注碼。稍懂數理的人都會明白，只要賭本夠大，盡量不要犯錯，就很容易成爲賭桌上的大贏家。

和老同學聚會，談到薪酬，他們都會羨慕我的成就。這社會就是這樣，讀書時比分數，畢業後比誰賺的錢多，一切都由數字來說明，我喜歡用薪酬來證明自己的能力和價值。

「你弟弟也畢業了。」

當收到弟弟寄來的畢業照，爸爸的臉難得出現了寬慰的微笑。

那是一種如釋重負的笑容，爸爸二十年來一直擔心弟弟沒出息，如今終於看到弟弟成材的一天，放下一直壓在肩上的重擔。

那年六月，爸媽先來英國和我會合，然後一同坐飛機到華盛頓，出席弟弟的畢業典禮。

爸爸穿起西裝，在全身鏡前打領帶，襟上的口袋掛著一支名筆。

在我的畢業典禮，他也曾這樣盛裝打扮。參加孩子的畢業典禮，對父母來說是一生中很重要的大事。我爸爸又是個固執的人，別說是飄洋過海，哪怕是千里迢迢到南極，他也一定要出席弟弟的畢業典禮。

最冷的冬天過去了，雪堆早在微暖的春天已經融化，夏雨的餘韻在空氣中飄揚，廣闊釉綠的草坪長滿了嫩草。

從機場出來，我們租了車。在驅車前往華盛頓市途中，我接聽了一通電話，諾諾應了幾聲，面色大變，眞的好像有個霹靂打在頭上，也不知如何反應過來，話就從嘴邊吐了出來：

「弟弟死了。」

我將車停在路邊，愣了一會後，才接下去說：

「華盛頓那邊的警察通知我，說他死了。」

爸爸和媽媽同時感到錯愕，不停追問：

「怎麼可能？你是不是聽錯了？」

我緊緊咬著嘴唇，還隱瞞了一件事。其實我不只沒聽錯，還很清晰地聽見「SUICIDE」這個英文字。

晴天普照的大學校園，黑壓壓的人群都是到處留影的畢業生。草坪上都是年輕的身影，歡聲處處，笑意盈盈，弟弟的死並沒有爲畢業典禮蒙上陰影，因爲弟弟根本不是他們的學生。

領取弟弟遺體的時候，我們才知道眞相，驚聞噩耗，再堅強的人都會崩潰，爸媽心如刀割，老淚縱橫，眞是連心肝都要哭出來了。

原來弟弟當年會考，成績不佳，只是勉強升上中六。全家人完全沒想到，他膽大到那個地步，會考和高考的成績通知書都是僞造的。

機緣巧合之下，弟弟在網上找到一個姓名拼音相同的網友，此人赴華盛頓升讀大學，弟弟便和他串謀，合租公寓，由於弟弟給了這人不少好處，他便願意借出他的大學帳號和密碼。所以，弟弟的畢業照也是假的。

弟弟在遺書中不斷道歉，道盡了四年來心裡飽受的煎熬和愧疚。他一直用謊話蓋過謊話，不得不用爸媽的錢在外國虛度光陰。然後，因爲爸爸堅持要參加他的畢業禮，機票早就買了，弟弟知道無法再瞞騙下去，一時想不開，就走上了絕路。

經過六年小學和七年中學的教育，他最大的收穫就是學會了說謊和圓謊，學會了用電腦軟體來修圖，將成績單和校方文件僞造得天衣無縫，成了個騙徒，騙人的技巧高明得無可挑剔。

這是我這輩子第一次徹底受騙，自始至終都被蒙在鼓裡。但是這次的損失太大了，是我賺了一輩子的錢也補償不了的。

我想起，有一次全家人到酒樓吃飯，弟弟偷偷說出他的心聲：

「我有個室友是外國人。他很聰明，但無心向學，被大學開除了，天天都在玩網路遊戲。半年後，他父母終於發現他輟學的事。你猜他父母怎麼對他？他們不僅沒有責罵他，還向兒子道歉，說自己不會教小孩，所以兒子才沒有坦白，早點說出自己的想法……」

「外國人管教孩子的那一套是行不通的。」

「我……倒是覺得他們很開明。我眞不明白，爲甚麼中國人就覺得讀不成書是一件可恥的事？中國人當兒女是他們的分身，給他們優渥的生活條件，就要他們好好讀書，似乎只有這樣，才能回報父母養育之恩。而外國人就當他們的兒女是朋友……」

弟弟當時欲言又止的模樣，在我腦海中一閃而逝。

我還想起弟弟曾說過他想做的事，但根本無人理會，只當是他年紀輕輕未見過世面的戲言。我們只希望他走我們認爲理想的道路，我們是一家人，對成功和幸福的標準應該要有共識。

我們一再用陳腔濫調恫嚇他，這世界不會同情失敗者。

「你弟弟是一只風箏，我扯得太緊，把它弄爛了。」

年邁的爸爸在客廳裡翻著舊相簿，戴著一副生鏽的眼鏡。我驀然想起，那副眼鏡是弟弟跟同學合夥擺攤，賺了一點小錢，然後買給爸爸的父親節禮物。

孩子是可憐的。

因爲他的命運不是由他來決定，而是掌握在父母手上。

讓孩子決定他自己的未來，這是很多中國人家長都做不到的，他們就把孩子當成風箏一樣，要牢牢握緊在手中才會安心。

「爸爸，我辭掉投資銀行的工作了。那種工作讓我賺了很多錢，卻沒有眞正的成就感。我想用幾年的時間，思索和尋找自己的人生意義。」

用「尋求人生意義」來當辭職的理由，很多人都覺得我瘋了，一定會被家人罵個狗血淋頭。但爸爸聽了我的決定，只是沉吟不語，然後默默地點頭。之後的人生會怎麼走，我沒有實際的打算，哪怕是虛度光陰也好，我也希望嘗試做一些以前沒想過的事。

可能當教師，可能做志工，可能做出一些離經叛道的事……我放棄了人人艷羨的高薪工作，就是不想在垂老的時候，才發覺自己只剩下一堆虛無的錢。

人生最大的意義，就是成功找到自己的人生意義。

這個意義是甚麼，因人而異。

知易行難，我是有所覺悟，才說出這樣的一番話。

到頭來，我可能一無是處，但只要做出一點點改變，哪怕只是一點點，為別人而活的人生，總比自私自利地活著更有意義。

這樣的話，也許在我死掉的時候，就會有人為我哭泣，總算是為改變這個世界做出了一點貢獻。

17 貝影

往事如煙，如霧。

可是現實是殘酷的，並不是一場夢。

泰坦尼哥用第一人稱的角度，自述了一齣在畸形讀書人社會發生的悲劇。

這種事明明是荒謬的，聽起來卻一點也不稀奇，至少我這種不常閱報的人，也讀過幾則學生想不開自殺的新聞，碩士生自殺的事亦時有所聞。

到底讀書的壓力可以有多大？

這種壓力，大得讓正值美好花季的年輕人斷然結束一切，青春的生命在躍躍欲飛之前化成一灘血，然後被殘酷的陽光曝曬和蒸發。

我問過泰坦尼哥這樣的問題：

「你想改變這個教育制度？」

「不。需要改變的不是教育制度，而是大人的心態和價值觀。讀書最大的意義不是爲了賺錢，而是爲了明志，可是，我們都漸漸忘記了。」

他的回答發人深省。

沒有學歷，沒有成就，就沒有幸福。

就是這種大人設定的因果關係和價值觀，我們才覺得讀書很痛苦，學習純粹是爲了結果，結果若是未如人願，我們就會喪失做人的自信，然後，可能一輩子鬱鬱寡歡。

在追求成績以外，教育應該讓我們學到更重要的哲理，正如眾多學校和大學的校訓，強調正直、誠實、善良、堅強等等美好的品格……這些東西不像分數，也不同薪資，都是看不見和不能被統計的。

如果連學校這種散播價值觀的沃地，都只重視「業績」，告訴我們利益大於一切，只要很會讀書和賺很多錢，這種人才是整個社會的棟梁和成功者……我相信我們的學校都生病了。

「教育，就是當一個人離開學校，把所學過的知識忘光之後剩下的東西（Education is what remains after one has forgotten everything he learned in school.）——這是愛因斯坦的名言。」

在泰坦尼哥敘述舊事的時候，傷殘輝已經醒過來了。

他的頭很大，後照鏡裡三分之一的空間都被他的頭佔據了。

後車箱與後座是相通的，傷殘輝推倒後座的椅背，伸長了脖子，像尼斯湖水怪一樣，從空隙冒出頭來。我知道，泰坦尼哥那個眞實的故事，有部分是故意說給他聽的。

傷殘輝横躺在後座，默然不語，茫然地望向窗外，也不知他在想甚麼。

輕濤拍岸的沙灘。

遠離煩囂的陽光。

海風和無憂無慮的天空。

看著這麼美麗的世界，一切得，一切失，彷彿只是塵埃一般的小事。

我和泰坦尼哥陪伴傷殘輝，一起脫掉鞋襪，在沙灘上來回踱步。

三人一起打呵欠，一起上廁所，一起用臭腳踢沙。

徹夜不眠，然後回家，呼呼大睡。

那一天就這樣過去了。

之後，傷殘輝離開學校，同時也離開了我的生活圈，除了偶然見上一面，我沒有再跟他玩個通宵達旦，趁他熟睡時畫鬼臉，用麥克筆在他背上塗寫校訓。

那種瘋狂的日子不再回來了——

若干年後，突然在網上收到傷殘輝的電子請柬。

原來他大學畢業了，請我去參加畢業典禮。我深受感動，他最終還是沒有放棄，人爲了不甘心而奮鬥，總有一天會成功的。夙願得償，他的雙親老淚縱橫，兄弟姊妹全部在場，全家人抱在一起哭得唏哩嘩啦，令我大開眼界。

他告訴我，重讀那麼多年，走了那麼多冤枉路，終於得到這張畢業證書。走的路比別人遠，但他無悔，因爲他完成了一件人生中最想完成的事。

畢業照上的他，頭上好像有光環，全身閃出了人性的光輝。

再苦，也苦不過帶著遺憾而死去。

那種追逐理想的過程，也許才是人生最有意義的行程安排之一。

「喀嚓」一聲之後，有張白框相紙從機器口吐出來。

我拍下自己在牆上的倒影。

拍立得相機，可以將瞬間的影像變成實物。

最近，不知是否離愁別緒，我很想爲青春留影。

也許人生到了某個階段，自自然然就會有這樣的感慨，有一天當我們碰見穿著校服的中學生，會有與年輕的自己擦肩而過的感覺。

我曾想過，如果讀書僅僅是爲了成績，天天去補習班就好了，何必回學校上課？

因爲只有在這裡，我們可以遇見很多人，有成爲知己的，有泛泛之交的，也有畢業後互不相見的。無論如何，人生就是因爲紛沓的緣分而變得多彩。

在這裡，才會留下一些難忘的回憶，有苦有樂，含淚帶汗，倘若我們將來回顧，青春才不致於空白一片。

如果不是和傷殘輝交朋友，我就不會到訪那個解謎網站，因此認識一個叫煮飯貓的女生……

我和她相逢在陌生的網路上。
在那之前，她有她的，我有我的，方向。
遇見，然後改變。
她就是改變了我的人。
我永遠不會忘掉，這交會時互放的光亮——

期末考結束了，成績單發下來。

我的成績突飛猛進，得到了「全學年最佳進步獎」，但因爲覺得太丟臉，我一度拒絕上台領獎。後來我知道獎品是圖書禮券，而且金額不少，最後還是決定向現實低頭，用手蒙著臉坐到禮堂的前排。

陳秋蘭從中一至今，一直考第一，今年也不例外。

走出禮堂的時候，看見陳秋蘭和她的媽媽。這母親特地回校拜訪班導師，十分擔心女兒的成績。都已經到了這個年紀，她媽媽仍然來學校陪領成績單，當她是溫室裡成長的食人花一樣呵護這個女兒。

當時陳秋蘭的媽媽瞧見我的獎狀，想八卦一下我拿了甚麼獎。陳秋蘭卻及時攔住她，以爲我聽不見，在她媽媽耳邊說：「這個人不用問啦！他考不出甚麼好成績的……無法對我造成任何威脅……」

前幾天讀報，近年求助於婚姻介紹所的女性有暴升的趨勢，理由很簡單，看看陳秋蘭這種女生，感受一下她們狗眼瞧不起同齡男生的態度，你就會明白世上眞的有些人，是終生也不會得到異性垂青，絕對「UNMARRIAGEABLE」（MARRIAGE的形容詞態是MARRIAGEABLE，UN是表示反義的前置詞，整個詞語的意思便是「嫁不出去」）。

「那個名校女生對你的影響力眞大呢！可以讓你努力唸書。」

阿雪說，她認識我這麼久，還是第一次看見我如此拚命的樣子。

我嗅出她話裡有濃濃的醋意，令我有種罪孽深重的感覺。無奈我已「名草有主」，要怪就怪這個社會奉行一夫一妻的制度吧！

頒獎典禮後，當天跟KIKI見面，我將圖書禮劵雙手奉上。

「哈哈！我有這麼大的進步，全是妳的功勞，這些禮劵就請妳收下吧！」

這份禮物好像令KIKI很感動，當我看見她臉上流露喜悅，頓時就覺得一切努力都是值得的。令她感動的不是禮劵，而是我的進步吧？其實我做的事也沒甚麼了不起，就是信守承諾，每個星期跟她一起上補習班，一起泡在自修室裡K書。

當我和她一起逛書店的時候，恰巧碰到同學CALCULATOR。當他瞪著我捧著的中國語文科「雞精讀本」和其他科目的「天書」，頓時嚇得面色煞白，連嘴唇也變紫了，那副樣子真是好笑，連KIKI也忍俊不禁。

「你們學校的人都很有趣啊！」

她好像有點誤解了。

這個暑假，除了補課，還是補課。

讀書郎啊讀書郎！我一邊用紙巾抹汗，一邊在烈日下趕路，汗流浹背回到學校，臉上黏著擦不乾淨的紙屑。應屆會考生苦不堪言，我開始明白重讀生的恐懼從何而來，如果要我再忍受一年這樣的生活，我一定會抓狂。

我依然不交功課，依然在課堂上睡覺，依然是一副桀驁不馴、頹不可言的模樣。

一有空，我就帶著書本，往KIKI在網上留言通知的溫書地點跑。

我不喜歡讀書。

但我喜歡和她在一起的感覺。

和她競試理科科目的練習題，我只當作一場競賽，或是一場遊戲，其實滿好玩的。我是實戰派，從考題中漸漸摸索出應付的門路，正如賣油翁熟能生巧，從嘗試與錯誤中學習是最有效的。在觸礁的過程中，我更磨練出敏銳的直覺，揣摩出題者的心思，日後都懂得如何見招拆招，不會再犯下愚蠢的錯。

可恨的是，KIKI始終比我強，至今我勝過她的次數寥寥可數。

她一定可以通過會考，懸疑點只在能有多少個A。

日復一日，每次我在自修室出現，她都會在我的記事簿上貼一顆星星，這種廉價的獎勵非常奏效。

我牢牢記住學過的東西，牢牢記住筆記上的重點。

同時牢牢記住了和她在一起的苦與樂。

七月下旬，有一天見面，我發現她手上拿的不是理科讀本。

「妳在看甚麼書？」

「這本是ECON的精讀。這本是ACCOUNTING。」

經濟科和會計科，都不是理科班會修的科目。

「咦！這兩科風馬牛不相及，妳幹嘛要借這兩科的書來看？」

「不是借的。是我買的。」

「買的？」

「其實我一直沒告訴你。我會考準備考十科。」

「十科？妳瘋了嗎？」

KIKI揚起俏眉笑了笑，又繼續專心讀書。

自修會考科目可行嗎？

她告訴我，在她的學校，有幾個學姊中五是理科生，預科轉攻文科，一樣可以考出佳績。理科生和文科生考同一科，有些科目反而是理科生佔著極大的優勢，而名校爲了「製造」九優以上的狀元，也鼓勵有能力的理科生報考文科的科目。

我這個人就是容易受人影響，看見別人做不一樣的事，也跟著做一模一樣的事，就像自己手上有玩具，偏偏就要搶其他人的玩具。看見KIKI在溫習那兩科，我心裡不是味兒，就算讀的是不會考的東西，也向她借來經濟科的課本，花了一天的時間鑽研。

我只是鬧著玩的，不務正業，可能因爲毫無壓力，所以漸漸有了興趣。由於本身有理科的基礎，碰上經濟學的圖表和算式，便一點也不覺得困難。同樣的道理，我也很快掌握了會計學的原理和入帳步驟。

後來，我甚至跟KIKI一起做經濟科和會計科的試題。

在暑假結束前的一個星期，我竟然在這兩科上和她鬥得旗鼓相當，證明了將努力的因素排除在外，我果然是比她聰明。

「哈哈！我果然是個讀書的天才！」

「你這傢伙，眞是超出我的想像。」

她請客，請我吃她親手做的曲奇餅。

□

那段日子，我和她總是待到圖書館關門才離開。

回家的路有點暗，我不放心她一個人走，每次都要送她回家。

「會不會和她有進一步的發展呢？」

我總是有這樣的遐想。

應付考試好像就是天底下最大的事。所以，要拒絕邀約，最好的藉口就是：「我明天要考試。」要拒絕一個追求者，最教人無奈的藉口也就是：「我把學業放在第一位。」

我很清楚，在未闖過會考這個關卡之前，她是不會答應和我交往的。

她的眼睛亮晶晶的，清澈得好像沒有瑕疵的玻璃，有著一股天生麗質的仙氣。世上竟會有如此純潔善良的女人，無私地犧牲自己的時間，來教我這種不乖的學生讀書。

明明就是小情侶的關係，卻沒有升溫到戀愛的階段。

這種感覺有點奇怪。

但既然已經習慣了，我也不會刻意改變現狀，就讓一切順其自然。

在送她回家的路上，有條迂迴的捷徑，沿著鋪著紅磚的坡道，兩列燈柱像佇立的灰盔衛兵。黃澄澄的燈光灑下來，摻雜著玻璃材質的磚塊，彷彿抹上了一層閃粉，發出星光斑斕的光芒，像沙灘上白色泛光的貝殼，弄得映在磚路上的倒影也閃閃發光。

這條浪漫的路，就是一條星星跌下來碎成的銀河。

「你看，我的影子跟你手牽手呢！」

KIKI指著我倆投射在地上的長影。

我也很想牽起她的手，但那一刻還沒有足夠的勇氣。

「等一下！我今天帶了拍立得相機。」

我拿出相機，拍下我和她一高一矮的影子。

等了一會，輪廓漸漸在底片上浮現，效果好得出乎意料，兩團黑影在反光的磚地上閃亮的模樣，成功轉化為清晰的照片。

「這是我和你的『貝影』。貝殼的貝。」

我倆湊近看照片的時候，KIKI的話令人不解。

「為甚麼是貝殼的貝？」

「不是錯別字哪。你看啊！你不覺得影子上的光點有點像貝殼嗎？」

「哈！我的理解不是這樣的。『貝影』的『貝』，應該是『BABY寶貝』的『貝』，代表我就是妳的心肝寶貝……」

我在口頭上佔了她便宜，她本來應該懊惱的，但她輕輕捶了我一拳後，竟然有點心花怒放。

如果可以每天都像這樣陪著她走這一段路，默默看著她的背影在目光的盡頭消失……這樣的日子畢竟是值得留念的。

街燈明了，星星亮了。我倆的影子緩緩向坡上延展。

「你曾看過一個叫『玻璃之腦』的故事嗎？」

「玻璃之腦？是漫畫嗎？我好像看過。」

「嗯！就是手塚治虫的漫畫。」

KIKI不是動漫迷，就只喜歡看手塚治虫和藤子・F・不二雄的漫畫，她跟我說過，手塚治虫和魯迅先生都是棄醫從文的，他們的作品都有一股偉大的光芒。我沒記錯的話，孫中山先生本來也是習醫的，後來為了革命而奔波一生。如果是當今時世，有人千辛萬苦讀書，披荊斬棘考上醫科，卻做出這樣的事，一定會被取笑哪根筋出了問題。

「我覺得我就是故事中那個有玻璃腦的少女。」

我怔了怔——

她到底在說甚麼？

「玻璃之腦」講述一個自小昏迷的少女忽然甦醒，而神只讓她擁有五天清醒的時間。

「你別誤會，我沒有世紀絕症。」

KIKI澄清，眼睛水汪汪的，不像在說謊。

「那妳爲甚麼覺得自己像她？那個玻璃腦少女……」

「我小時候動過大手術，在醫院睡了很久。從那時開始，我最害怕的事情就是睡覺。我很怕我睡著之後，就無法再看見這個美麗的世界。」

KIKI將右手放在胸口上，暗示那裡有道傷疤，只不過被外衣遮掩了。

「妳現在……還有事嗎？」

「不用擔心啊！如果我是個有重病的人，我有理由要這麼拚命唸書嗎？」

說得也是。

記得我寫過一篇作文，題目是「如果我只剩下一天的生命」。結果我寫出了一篇限制級的作文，連老師都覺得太邪惡，非要我去接受心理輔導不可……如果我快死了，我會做很多事，但這件事一定不會是讀書。

讀書於我而言，依然是被逼的。

可是，我有時回想，如果我不用功，也只是將時間浪費在打電玩和搓麻將這等事情上，單純玩樂只會感到空虛，天天輕鬆混日子，過的只是漫無目的、遊手好閒的人生。

如果沒有遇見她，我依然是個吊兒郎當的中學生。

會考之後，就是高考，然後是大學……我希望可以和喜歡的人，一起度過這些階段。

如果沒有KIKI，我一定會放棄讀書。

滿月、弦月、新月……天上的月亮悄悄變化，地上的時光緩緩流逝。

我和她一次又一次走上那條坡道。

東風夜放花千樹，更吹落、星如雨。

此情此境，心中泛起了曾經記住的詩句——

不知天上宮闕，今夕是何年？

這樣的夜晚，也聯想到牛郎與織女的傳說——

迢迢牽牛星，皎皎河漢女。

燈飾在夜闌時更加俏麗，恰如悄寂中亮起的一小簇一小簇火苗，橘色微光像柳絮一樣飄散，照在行人身上，便似一襲霓裳，光與影在舞蹈。

那些晚上的她，漂亮極了。

當我發現的時候，我已經深深墜入情網。

風吹落的花影撒滿了一地。

回首張望，那裡永遠有道青春的倩影——

最苦與最樂

曾經是最苦的事，將來可能會變成最樂的事。只要和喜歡的人一同經歷這個階段，一切就不覺得苦了。

18 始得半山宴遊記

桌上遺留很多橡皮擦屑。

一點點的，像圖表上的座標點，都是我做完算術後沒掃掉的痕跡。

由於長期與書爲伍，我最近驗光，驗出了二百多度的近視，迫於無奈只好配戴眼鏡。戴上眼鏡之後，我開始有了讀書人的氣質，但經常被KIKI、阿雪和泰坦尼哥取笑。

在我們班上，只有百分之五的人沒戴眼鏡，沒戴眼鏡的人是異類。

看著掛在牆上的中學制服，我忽然很有感觸，可能再過不久，我就不用再穿上它了，不用再揉著惺忪睡眼，迷迷糊糊走上回校的路。

在學校唸書的時候，我的希望就是獲得自由。

也許，某天當我在社會打滾的時候，我會懷念昔日的校園生活。

每個清晨，我都會利用零碎時間來背誦英文單字，有時還會背些唐宋詩詞和名言佳句。

值得一提的是，泰坦尼哥和珊姊退隱江湖，在外面合資開了幼稚園。他們說，現在只能從幼童臉上看見樂於學習的笑容。上次我和阿雪買了甜甜圈，到幼稚園探訪，泰坦尼哥打開抽屜，拿出以前當補習老師時做的筆記，免費慨贈。那份私房筆記有個很強大的名字，就是曾在補習街掀起腥風血雨的「九英眞經」。

夏天時，我總是抱怨下雨的天氣。彷彿一覺醒來，涼風拂曉，雨季悄悄走了，只剩下一堆凋零的落葉，新聞報導寒流驟至，又到了打著哆嗦上課的冬天。

「書蟲，你看，我的手像不像叮噹的手？嘻嘻。」

阿雪說出這種白痴的對白，我還眞的有點瞧不起她，她怕冷，就將雙手縮入袖口裡上課。

中秋、冬至、聖誕、新年……

人們說會考班的兩年過得特別快，我一開始沒感覺，現在不承認也不行了。

農曆新年前後，各科老師陸續教完了會考課程，算算日子，倒數一百天，會考就要開始了。

「畢業之後，我和老師還會不會見面？」

我忽然萌生這樣的念頭。

農夫的工作是種稻米塡飽人的肚子，老師的工作就是種知識塡滿人的心靈。沒有人會記得農夫的耕耘，也沒有人會記得老師付出的努力。

有一天，我心血來潮，做了一件不像自己會做的事，就是在下課後，向指導過我的老師說

一聲謝謝。

當時老師們欣慰的表情，我至今仍忘不了。

紀念冊、畢業典禮、謝師宴、校友會申請表格……以前總覺得畢業遙遙無期，沒想到一眨眼就到了。

「書蟲，你有沒有留下甚麼遺憾呢？」

「有啊！說到遺憾，就是沒收過一封正式的情書。」

「你應該收過很多恐嚇信吧？」

放學後的教室裡，我拿著剪刀，幫忙布置畢業典禮的會場。

鄰座的阿雪用漿糊筆黏上我裁切出來的字，有的沒的跟我聊起來，緬懷一下在學校度過的時光。

「書蟲，你記不記得？中四上學期，我成績退步得很厲害，怕得想逃避考試。期末考當天，打電話問你：『我應不應該裝病請假？』你卻勸我回去，還說甚麼傻話，船到橋頭自然直，你會把你的聰明分一半給我……」

「對啊！當時我真的把『聰明』分了給妳，結果我墊底，妳全班倒數第二……」

「哈！我用紙杯做給你的那個『全年級最白痴』獎座，你還留著嗎？」

那時候荒廢學業的我，和現在有著天壤之別，偶然回想都會覺得好笑。

「上課時，當我答不出老師的問題，書蟲你經常提醒我呢……今天我腦海裡，整天都出現『同桌的你』這首歌的旋律……」

「這是甚麼歌？」

「你竟然不知道？是一首國語歌，在內地很紅的老歌。」

「妳竟然聽大陸老歌？眞丟臉呢！」

我整天都覺得腳底很癢，趁著無人察覺，便脫掉鞋子搔腳底。

「書蟲，會考加油！I SUPPORT YOU！」

阿雪一整天都異於平常，好像心事重重。

「妳應該比我更需要SUPPORT吧……胸部方面……我們一起考好會考，升上原校再見吧！」

這句話最後沒有成眞。

原來阿雪的家人很早就有送她出國唸書的打算。她出生的時候，她爸爸本來要將她取名爲「蔣雪梨」，女兒長大後，亦如父親所願，到澳洲雪梨升學。

會考之後，她就出國了。那天我和幾個同學到機場送機，她哭得很狼狽，流下兩行鼻涕。

「天涯若比鄰！保持聯絡！」

我撫著阿雪的頭，不停安慰她。

她出國後，我們最初幾年都有聯絡，但感覺已不像以前熟絡。很多年後，我偶然在收音機裡聽到一首歌，知道了歌名，想起她在教室裡最後說的話，才漸漸明白那些淡淡的情愫，不過也無從求證，可能只是我會錯意。

你從前總是很小心，問我借半塊橡皮，
你也曾無意中說起，喜歡和我在一起。
那時候天總是很藍，日子總過得太慢。
你總說畢業遙遙無期，轉眼就各分東西。

這首歌，原來也是當時和KIKI在街頭聽到的歌——老狼的〈同桌的你〉。

我一直遵守與KIKI之間的承諾，只要是她約我出來溫習，我從來都不會拒絕，準時到達圖書館自修室，放下背包、筆記本和保溫瓶佔位置。

到底是怎麼做到的？

愛情就是我的動力火車。

「考考你：TEENAGER這個英文單字，指的是幾歲到幾歲的年輕人？」

KIKI發現我今天沒心情讀書，便出題考我，可是我提不起勁，猜也懶得猜，敷衍了事。

年輕的感覺是苦澀的，年輕的感覺是甜蜜的。每逢試前倍思春，我也知道這樣不對，但實在很難控制情緒，尤其當我看到日曆上那個日期：

二月十四日。

西洋情人節。

會考生和情人節是無緣的。

我感慨地嘆了口氣，暗自心想：「唉！現在我跟KIKI算甚麼關係呢？無名無分無實的讀書伴侶？」

儘管如此，在自修室時，我仍佯裝若無其事地問：「KIKI，下星期四要出來溫書嗎？」

下星期四就是二月十四日。

「好啊！我當天沒約。」

她想了一想，就給了我這個帶笑的回答。

聽到這樣的答覆，我驚喜交集，差點就要從椅子上彈起來了。

這麼浪漫的日子，她竟然答應和我一起過，豈不就是傳說中的「神女有意」？

於是，我開始煩惱。

爲了讓KIKI過一個不庸俗的情人節，我要安排令她畢生難忘的節目。

俗語有云：「三個臭皮匠，勝過一個諸葛亮。」我爲了集思廣益，便在討論區向網友徵求情人節的浪漫約會地點……結果，很抱歉，網友的答案絕大多數都是只適宜拍攝A片的地方，教我既生氣又好笑。原來約會是件這麼惱人的事，我的心情比考前更緊張，擔心搞砸了約會她下次不理我怎麼辦……

我整個星期都在煩惱中度過。

在大家眼睛休息了空白行之後，時間已到了二月十四日……光陰一眨即逝這道理大家明白了吧？

再眨一下眼，時間又到了情人節晚上。

和公開試一樣，求偶是影響終生的大事，我不可以表現得太窮酸。幸好最近測驗的分數都很高，我便理直氣壯地請爸爸贊助我過情人節。

爸爸坐在沙發上，怔怔地看了我一會，眼神流露出一種他覺得兒子長大成人的感慨。有好幾次看見他翻看相簿，我就知道他依然對媽媽念念不忘，所以一直沒有再婚的打算。

有一天回家，發現爸爸留的字條：「你想要甚麼生日禮物？要我陪你過嗎？」爸爸不會上網，就只好用這方法來跟我溝通，把我當小孩哄。雖然孩子從來不記得父母的生日，但做父母的總是記得孩子的生日。我爸爸就是這樣的人，不愛說話，只會拚命賺錢。每個月定時在我書桌上出現的錢，其實蘊藏了他的父愛，是他表達關懷的一種方式。

情人節早上，當我發現書桌上的檯燈壓著一張港幣千元鈔票（約等於台幣四千），我忍不住叫出聲來，向著爸爸的房間高呼一聲「謝謝」。

情人節的約會，我和KIKI本來約好一起穿校服，但前一晚突然改變了主意，我們有默契地異口同聲說道：「不如還是回家換衣服吧！」一笑之後，面紅耳赤，原來我們都抱著忐忑的心情過第一個情人節。

幸運女神眷顧我倆，情人節當天學校沒有考試。

在不是人人都有手機的年代，我們約好了時間和地點，便不見不散，那時候的人都好像比較準時。我揹著運動背包，站在地鐵站的提款機前等待，人群就像密密黏成一團的糯米，而我的眼睛忙個不停，要在人潮中認出今天約會的女主角。

平日很守時的KIKI，今天卻姍姍來遲。

小美人悉心打扮，頓時令我眼前一亮，不，刹那間好像整個世界都綻放光芒。她今天束起了頭髮，化了清純可人的淡妝，戴著星形耳環，穿著一襲復古圖案的連身裙，外披簡單樸素的白色大衣，平淡中有驚艷，驚艷中有含羞，美得出塵脫俗，比時尚雜誌上的模特兒更加動人。

「對不起啊！你等了很久嗎？」

「妳今天實在太過分了。」

「對不起！我遲到了！」

「NO……I MEAN，妳是美得太過分。」

我沒錢買花，見面的時候，送了她一支用花紙包好的棒棒糖，博得紅顏一笑。

爲了保持神祕，也爲了給她一個驚喜，我一直隱瞞目的地，只約她在港島的某個地鐵站見面。當我們排隊上車的時候，她才知道目的地是山頂。我們平時都是到處跑，約在一些有美景的快餐店溫書，所以養成了習慣，今天沒帶書出來，竟然覺得有點不自然。

我帶她上了公車，擁擠的公車上沒有空位，用盡九牛二虎之力幫她佔到靠牆的座位，讓她坐著和站在扶手旁的我聊天。

談天說笑不知時日過，我看一看窗外，大呼一聲：「糟糕！」

窗外是陌生的風景，我盯著公車上的路線圖，然後匆匆拉了KIKI下車，滿眼金星看著一片陌生的環境，憑著直覺向前亂走。

（其實我騙了她，真正要帶她去的地方不是山頂。）

DISPLACEMENT=0

（位移是零。）

ENERGY CONSUMPTION=1000 JOULES

（白白消耗了一千個焦耳的體力。）

「我想問一下，我們是不是迷路了？」

當KIKI這麼問的時候，我的表情相當難看，第一次認眞約會總是阻礙重重。看著我焦急的樣子，KIKI很體貼地說：「我們隨意走走吧！趁年輕的時候亂闖一些地方，老了才有回憶。這一帶好像很有探險價値，我們往上走吧！」

她牽著我的臂彎，穿過電車軌道，走上一段紅磚鋪成的緩坡……

我留心她的表情，她今天看起來很高興。

後來我倆發現了一條很長的自動扶手電梯，覺得有趣，便踏上那緩慢移動的機械毯子，往未知的天地出發。

「請問這條自動扶梯通往甚麼地方？」我問路人。

「半山蘇豪區。」那路人心中應該覺得我是個鄉巴佬。

一條長電梯，又接一條長電梯，伏貼著行人天橋綿延向上，彷彿橫跨穿越了一片石屎森林〔註〕，這就是香港中環區有名的登山扶手電梯。在天橋上伸手出去，如果手臂有一公尺長的話，就可以觸及二樓店舖的落地窗。在天橋與泥牆之間，可以俯瞰拼圖一般的塊狀街景，有畫廊，有果攤，有茶餐廳，有明信片裡出現的老街景，有百年歷史的舊中區警署，有掛著鳥籠和擺滿盆栽的住宅陽台。

在天橋上，KIKI指著下方的橫街，告訴我那就是香港作家西西描寫的街景。

「涼茶舖、雜貨店、理髮店、茶樓、舊書攤、棺材店、彈棉花的繡莊、切麵條的小食館、豆漿舖子……每一間店都是一個故事……」

西西寫成了這篇〈店舖〉的文章，本人無心插柳，卻同時創造了一篇令會考生頭痛的指定課文。雖然這是一篇頭痛得我決定放棄的課文，但聽著KIKI清脆動人的朗讀聲，彷彿喚醒了靈魂深處的悸動，我覺得悅耳而動容。直到後來這些店舖漸漸消失，在新樓房的巨大玻璃映照裡逐漸消隱，我才開始頓悟文章裡的深意，因爲這些時代不容苟存的東西而感傷。

註：香港人形容區內林立的高樓大廈群爲「石屎森林」，英文爲concrete jungle。

天橋上機械毯子的盡頭是酒吧與餐廳林立的蘇豪區，一個五光十色的世界，就像前所未見的新大陸，充滿奇特的外國風情。「蘇豪」一名，取源自英國倫敦著名的「SOHO」小區。店家的水紋外牆滲透出藍光，墨西哥餐館裡有座泥灶烤爐，閉上眼睛，鼻間只有薄餅在熊熊紅火烘焙出來的香味，還有飄揚在空氣中的絲絲酒香。

我看了手錶，覺得時間差不多，便和她走入眼前的墨西哥料理店。

模仿電影裡的紳士，我替KIKI拉開椅子，彎腰請她坐下。

就算菜單上的價錢再昂貴，我也處變不驚，慶幸錢包裡財力足夠。我看著菜單，用英語點了菜，儘管後來得知那南亞裔的服務生聽得懂廣東話，也爲自己能活用英語而自豪，更博得紅顏的一笑。

趁著KIKI上廁所的時候，我盯著店外的路牌，偷偷打了一通電話。

桌上的心形燭光熄滅了。

餐湯、前菜、主菜、甜點……一一塡滿了我倆的胃。

當我結帳的時候，KIKI露出替我心痛的表情……有紅顏如此，眞是傾家蕩產也無悔！

街燈像半空的花芯，一條光線柔和的灰色馬路，襯著暗綠的樓影，兩側的餐廳都在播放著爵士情調的情人節音樂。我走得異常緩慢，慢得好像纏腳的小鞋在走碎步，編了個吃太飽走不動的藉口，但KIKI還沒起疑，我口袋裡的手機就在此時響起。

我捂住手機，小聲接了電話，然後牽著KIKI的手臂，走到小街盡頭。

嗶——

計畫成功！KIKI被背後的喇叭聲嚇了一跳，馬路旁停著一架白色小機車，騎在車上的安全帽猛男正是我的最佳損友傷殘輝。

「到處都封路，我繞了很久，才找到一條路進來。」

「輝哥，你眞酷！」

「車鑰匙交給你，騎車小心。」

「大恩大德，沒齒難忘！」

我走上前，拍了拍他的肩膀道謝，對著KIKI大感驚奇的目光，我故作神祕地微笑不語。爲了給她一個驚喜，我找了傷殘輝幫忙，求他把可愛的機車借給我。

傷殘輝把車鑰匙交到我手裡的同時，近距離看清楚KIKI的眉目，被她驚若天人的美色震懾，目瞪口呆，難以接受她是我情人節的伴侶，不願相信我比他更有艷福的眞相……他在我耳邊不停發出奇怪的嘿嘿賊笑聲，用手肘推了我幾下，說甚麼明年他把阿雪追到手，就輪到我反過來幫忙這一類的傻話。

我將計程車的車資塞到傷殘輝手中，他便識時務地消失了，這個朋友眞是有情有義。

「原來他就是大名鼎鼎的傷殘輝？」

「對啊！他在情人節沒有約會，竟然一點也不難過，眞是個樂觀豁達的人啊！」

「你嘴巴可不可以不要這麼壞？」

KIKI從我口中聽過關於傷殘輝的趣事，但她心地好，不但沒有嫌棄他，還打從心裡欣賞這種有毅力的男人……她有個阿姨，重考了十次，二十六歲才通過會考，所以她覺得傷殘輝一點也不笨……

我叫她上車，一展我的騎車雄風。

沒錯，我今晚要載她兜風，去一個地方。

一起戴好安全帽之後，我握著機車上的把手，她在後座摟住我的腰，以最安全的速度開始駕駛，第一個挑戰就是駛上斜路……隆隆隆隆……耶，我做到了！

「李書松先生，請問你是甚麼時候考到機車駕照的？怎麼我沒聽過？」

在少女漫畫裡，女主角這麼問的時候，男主角那傻乎乎的臉應當即時換成一副帥臉，以肯定的語氣回答：「我偷偷地學車，就是爲了給妳驚喜。看，我的手指都長繭了，膝蓋磨破了不下十萬次……」

但是，因爲沒時間考駕照，我只好坦白承認：

「我……是在無照駕駛。」

「……（我看不見，但她應該被嚇得花容失色。）」

這樣一來，她抱得我更緊了。

這條錦囊妙計是泰坦尼哥教我的……眞不愧是把妹高手。

如果我夠膽的話，可以學我的偶像劉德華先生，在曲折迂迴的公路上猛催油門左穿右插……可是，我們都是大有前途的學生，再過三個月就要參加公開考試，吾不想明年明月友人來這馬路澆酒祭奠，所以務必以安全爲上……

其實，只騎過五個有紅綠燈的路口，就到了我要帶她去的終點。

□

港島半山有所香港大學。大學裡有座本部大樓，大學的學生都叫這裡「文學院」。參觀過香港大學的學生，都會知道這裡是全校最古老的建築物，張愛玲曾在不同的時空踱步走過的地方。圓水池、青地磚、木長椅、杜鵑花……只要是來大學註冊入學的新生，都有機會穿過莊嚴典雅的大木門，走上陸佑堂的長石階，直達百年歷史的大禮堂。就算不是香港大學的學生，也可以來這裡拍照留影，這裡也就漸漸變成拍婚紗照的勝地，假日都會出現身穿婚紗的準新娘。

還好有驚無險，安全抵達目的地，下車的時候，我和KIKI都驚出一身冷汗。

「你眞過分，要是出了意外怎麼辦？」

「放心，摔車的話，我拚死也會做妳的肉墊……要死也是我死，我不會讓妳有任何生命危險。明年的情人節再和妳一起過的話，我會更注意安全……」

我偷瞥著KIKI可愛的側臉，她沉默，低著頭，令我一度以爲剛剛的話觸犯了禁忌。

「很抱歉啊。我亂說話。如果我考差了，妳一定很快就會忘記我吧！」

「……有這個可能啊。」

「眞是現實的香港人呢。」

「但我一定會記住今晚這個難忘的情人節，記住你爲我做的一切。」

「那……那就是說，妳願意再跟我一起過情人節？」

她傻乎乎地點了點頭，笑容迷人，小聲嚷道：「OF COURSE！」

我想不到她會答允，心情一下子愉快到極點——

好了！現在開始是兩人的浪漫時光。我不敢保證，會不會有限制級的情節出現……

四周是文藝復興風格的花崗石柱，文學院大樓頂部矗立著鐘樓，一群小星星穿過天黑的穹蒼，悄悄散開，包圍了高大的棕櫚樹。在文學院外的紅磚及麻石小徑上，雖然能看見的星星不多，但每對木窗以及每條拱形的廊道，加上歐式街燈和樹影，盡可化成油布畫上的細節，流麗斑斕，令人永遠無法忘記今夜。

看著KIKI在仰望夜空，我嬉皮笑臉地問她：

「看得見流星嗎？」

「傻瓜，流星哪是這麼容易看見的？」

「那麼，如果妳偶然看見流星，記得幫我許願——會考後，我們一起讀同一所大學，往後的人生都要一同度過，哭也好，笑也好，就算當不成情人也好，都要永遠留在對方身邊。」

吐出這番差不多等同示愛的話，我的心跳得很厲害，不敢正眼瞧她。

「你閉上眼睛。」

在浪漫的氣氛下……我眼角掠過她的紅唇，心裡生起一絲邪念，便立刻依言閉上眼睛。

她向著我靠近，愈來愈近，然後……頸上多了毛茸茸的東西。

我睜開眼，果然是一條圍巾。

「圍巾？」

「嗯，情人節禮物！這是小女子爲你打的圍巾，黑色的，看你喜不喜歡。看看底部，我縫上了鼓勵你考試成功的祝福語。」

我並沒有因爲沒有「KISS」而失望，反而因爲收到圍巾而驚喜萬分。中五會考迫在眉睫，她還爲我打圍巾，由此可見我在她心中有一定的地位。我不能置信，以臉貼著黑色圍巾，暖流從心底直流到鼻頭上，刺激了生理反應，流了鼻涕出來。

當我拿出面紙包，驀然驚覺，她比我更需要面紙——

在她晶瑩白皙的臉上，忽然多了兩行淚痕。

我經常看到「感動得哭了出來」這樣的描寫，還以爲只是一種描寫手法，這種事在現實中不會發生。所以，當我目睹KIKI在自己面前哭了出來，這一刻的吃驚眞是非同小可。

「對不起。我說錯了話嗎？」

她笑著搖了搖頭，瞇眼之際，將淚水擠了出來。

「書蟲，你一定要考好會考啊……我很期待看著你將來的成就，你一定會成功的……」

又是這種話。

「KIKI，我很喜歡妳！」

那晚送她回家，我差點就說出這句話。我忽然有個傻念頭：如果不是爲了應付公開考試，如果不是爲了長遠的將來而忍耐，我和她也許不必顧慮那麼多，也許早就成爲一對戀人。

其實保持現狀也不差，至少是快樂的……我對她有信心，彼此一同闖過中五會考這一關，升上中六之後，就是我眞正向她表白的時候……

反正我們還年輕，不用那麼焦急。

「TEENAGER」背後的意思，就是以「TEEN」爲結尾的數目。THIRTEEN、FOURTEEN……NINTEEN……數到「TWENTY」，便不算是「TEENAGER」。

在匆匆而過的青蔥歲月，多愁善感是一種色調，年輕的足印由沙灘延續到海岸線。

摻進鞋子裡的沙粒，也有海風的氣息。

時間慢慢淹沒……

那時候，我還不知道，女人隱藏的本事都很高強。

當淚水漸漸蒸發，當耳朵載住了夢話，那聲告別是最無奈的對白……

KIKI對我說了個美麗的謊言。

她沒有罹患絕症。

但她隱瞞了病情。

19 出師表

中五到了尾聲。

三月的模擬考結束後，將會有一個月溫書假，可以選擇待在家裡，或者到學校教室自修。模擬考之前，全班同學都收到了准考證。

證上有個人資料和證件尺寸的照片，還詳列了要考的科目、試場的學校名稱和地址。在我眼中，這是我的「出師表」，寫著每場戰役即將發生的日期、時間和地點。

會考歷時長達半個月以上，有時是隔天考一科，有時是連續幾天都有考試，對每個考生來說都是很艱難的日子。

辛苦的不是考試的幾個小時，而是準備期間付出的心力。讀書除了用腦用心，還要用屁股——屁股牢牢黏著座椅，建立一種長期不可分割的關係。我聽過最誇張的例子，就是有學生用狗繩將自己拴在椅子上，整天寸步不離書桌，由家人送飯進來，連撒尿都用尿壺解決。

會考只是歷時大約一個月的事，卻一直纏繞在我們四周，無形的壓力彷彿囚籠，困住了我們的青春，讓我們提心吊膽，玩不安樂，甚至睡不安穩。

准考證發下來的時候，我沒有像其他同學般走來走去，輪流交換來看。

因爲我有不可告人的祕密——

我報考的科目共有十科。

我本來沒有這樣的打算，但KIKI一再游說我要這麼做。

的確，我在經濟科和會計科很有天分，評估之下，我應該能考出C級成績。我私下找班導師李雅韻老師商量，她驚愕地看著我，然後找來這兩科的老師，讓我做上次期末考的試卷。如果當時兩位老師反對，我馬上就會打消這念頭。他們批改完我的試卷，都沉默了一會，才抬起頭對我笑一笑。

一師曰：「行有餘力，可以一試。」

另一師曰：「你的成績不算驚人，但也不差，有助提高這一科的全校合格率。」

於是大家一致通過，批准我多考兩科，兩位老師還將私人筆記傳授給我。這件事在我們學校前所未有，爲免別人取笑我「不知天高地厚」、「臭小子想考十A」，所以我盡量保密，同學之中只讓阿雪知道。

其實我也沒有想清楚，我的會考之夢會是多麼瘋狂，只是想證明KIKI做得到的事，我也做得到。

總之，就是不想輸給自己喜歡的女生。

看著屬於自己的考生編號，我有種很激動的感覺：

「辛苦了這麼久！這一天終於要來了！」

就在幾天前，我和KIKI一同完成「操練二十年歷屆考古題」的壯舉。物理、生物、化學、數學和附加數學這五科，二十乘以五，我們總共做了一百二十組眞實試題！

那種感覺，就像跑了一百二十次馬拉松。

到了抵達終點那一刻，我和她高舉雙臂在自修室大聲歡呼，引來了旁人疑惑重重的注視。

我們溜出外面，咯咯傻笑，買了義大利麵，到公園裡點蠟燭，吃燭光晚餐慶祝。

「書蟲，會考後見。」

「爲甚麼要隔這麼久？妳不陪我一起唸書啦？」

「你說的也是。那麼，我們模擬考結束後再見。」

「妳有點怪怪的。」

「書蟲……今當遠離，臨表涕零，不知所言……」

「甚麼？」

「沒甚麼……我在背諸葛亮的〈出師表〉。我們一定要努力，一起征戰會考！」

那晚告別，我隱隱覺得KIKI神色有異，卻又說不出來，而那天也實在累垮了，沒有細想的心情。由於我和KIKI就讀的學校不同，模擬考的科目日程安排不一樣，她怕我會分心，就建議分開讀書，模擬考結束後再見。

模擬考前，我發覺該熟讀的都熟讀了，與以前那個只會臨時抱佛腳的自己實在不可同日而語。

很快就是KIKI的生日，也是我倆相識一周年的日子。

在會考前生日的人，應該都不會有同學幫他們慶祝吧？只有我這種人，將考試的事擱在一邊，一點也不緊張，悠哉地在咖啡店裡打混，在簿子上拼貼一年來所拍下的照片，親手製作送給KIKI的生日禮物。

□

校內的模擬考開始。

第一科要考的是英文，共四卷，讀寫聽講。

全級二百多人，聚集在禮堂裡。禮堂的門就要關上時，我施施然最後進場，成爲眾人的焦點所在，但很快所有人又把注意力放回考試卷上。

台上的學科主任瞄了我一眼，然後繼續照稿讀出考試規則。

我右手一旋一拋，書包壓在禮堂後面一大堆其他同學的書包上。據說壓住別人的書包，可以吸收那個人的考運。

我往前邁步，朝著空座位直走。

十六號，這是我的班號。

「軋」地一聲，我拉開椅子坐下。

提筆！

打開答題簿第一頁，別人寫姓名、班別、學號平均要花上十一秒，我只用了一秒九就完成了。

筆鋒一出，誰與爭鋒？

四色筆在我手中變成一件極厲害的武器。

問題的關鍵詞被標上不同的顏色。

這麼簡單的聽力考卷，怎麼可能難倒我？

閱讀、寫作部分，易如反掌。

我的英語能力一向不弱，有幸得到泰坦尼哥的眞傳，半年來修練「九英眞經」上冊和下冊，讀寫聽講方面的功力大進。

去年考口試，和同學爭吵，以一敵三，舌劍脣槍，雖然我取得壓倒性的勝利，但因爲最後差點和別人打架，結果一齊被罰零分。

「LET'S START THE DISCUSSION!」

今年我脾氣變好了，學會了忍讓之道，退一步海闊天空，踏出試場才準備報復……就算同組對手搶著講話，我都會先禮後兵，適時用黑色幽默插入，搶奪主導權，假惺惺請別人說話，然後再搶主導權……整個小組討論的環節都在我主導下圓滿結束，盡得評分老師的歡心。

中文作文題目爲「描寫大自然一景」，我描述山水如詩如畫的江南雨景。整篇文章用自創的後現代文言文寫成，結構嚴謹，詞藻優美秀麗，中間加插那段艷遇情節堪稱神來之筆，尾聲更表達了青少年對盛世生活的嚮往。我將文章定名爲「花柳」，一個典雅又富詩意的好標題。

接下來是理科考試，連考一星期，物理化學數學的試卷如洪水猛獸般湧至。

我每天處變不驚，總是從容不迫，從校服暗袋拿出一部CASIO FX-99型計算機，同時從鐵筆盒取出一枝發亮的原子筆。

有些題目我背得滾瓜爛熟，一看題型，便寫得出標準答案。

我記得這一題乃出自一九九六年生物科卷二，當屆考生有59%選A，正確答案應爲B……一筆一筆，把正確的方格塗黑。

有時候，電子計算機被冷落在一角，好像在央求我碰它一下。但我沒有，因爲我用心算比用它更快。

前座的同學是個怪胎，考試只剩十分鐘就會放屁，準時無比，他就是我的計時器。

校內考試期間，有兩個同學因爲體力不繼，休克暈倒，逐一被擔架抬去了保健室。考試就是這麼無情，總會有弱者支持不住倒下，我們早已見怪不怪，分心了一下，又再自顧自答題。

同學讀書讀得暗無天日，幾乎每晚都在熬夜，深宵開夜車，衆人臉上的青春痘平均數是二十八顆。

回家的路上，還是聽到很多人紛紛議論。

有人說：「今年的試題，好像比去年的難。」

有人說：「對啊！多了很多怪題。」

有人說：「今晚上討論區，給自己訴苦，有了IDEA。」

有人說：「最怕明早的考試，由吳老師出的試卷，會更加陰險。」

有人說：「颱颱風最好！如果考試因颱風而取消，我一定拍手歡呼。」

有人說：「不怕試題難，要死一起死。」

我一面走著，一面聽人家說著，自己也默唸著這樣兩句話：「嘰嘰喳喳，一群烏鴉！」眼見一些人比手畫腳討論題目，我覺得人類眞是很悲哀的動物，總對過去的事耿耿於懷。每個讀書郎啊！都會爲考得不好而發愁半天、好幾天，甚至一個月，然後又嘗試從出題者的角度去思考，批判哪些題目出得恰當，哪些又超出課程範圍，甚至詛咒出題者祖宗十八代。

我李書松說哪，答題紙已交出去了，還可以怎樣？所有不快的感覺，在我腦裡只逗留一秒，就會隨同我鼻子裡的二氧化碳排出體外。

不過，有件事我一直覺得很奇怪。

雖然我獨來獨往，每天一考完就直奔回家，很少和同學們討論試題，但有時聽到他們喋喋不休地討論，便知道他們都覺得很難，與我的感覺大相逕庭。模擬考的題目，我不懂大都會做，甚至覺得輕而易舉……

難道說……半年來和KIKI一同K書，做了超大量筆記和練習題，日積月累，我已由書蟲變成了書龍？

「阿蟲！剛剛的考試我全軍覆沒！你呢？」

「我覺得一點都不難。一早就停筆睡覺了。」

「自大狂！鬼才信你！」

阿雪不停在我耳邊嘟噥，說一大堆喪氣話。因爲我很確定她是白痴大笨蛋，所以不以爲然。直到模擬考到了尾聲，我才發現其他同學的心態都是大同小異，毫無把握，考得不理想。

模擬考結束，休息一天後，全年級同學回校對卷。

由於會考迫在眉睫，班上瀰漫著一片緊張的氣氛，雖然模擬考的成績對升學毫無影響，但同學都當成一個參考指標，互相比較，看看誰能擠進升上原校的三十個名額。

第一科發卷的科目是數學，分爲上下兩份卷。

數學科一直是CALCULATOR的強項，所以大家都認定無論他考多少分，那個分數很有可能就是全年級最高的分數，唯一可以和他競爭的對手只有陳秋蘭。

「全班最高分是幾分？」

有同學提問，老師竟然怪裡怪氣地嘆氣。

老師沒說出來，但我已知道了答案。

「噢！天呀！」

鄰座的阿雪偷看了我的試卷一眼，受到極大的驚嚇，幾乎要從椅子上摔下地。

滿分。

沒有比滿分更高的分數了。

寫著我姓名的試卷，分數竟然是滿分，五十題選擇題全對。

全班同學譁然，CALCULATOR全身僵硬。

老師微微不忿，笑曰：「真沒天理！兩年來不曾交過功課的人，竟然可以考出滿分。」

理科怪物CALCULATOR，竟是我的手下敗將！

我發現，即使這班是理科精英班，其他同學的分數也不太高，平均答對四十題左右。數學科後，老師派發附加數學科考卷，很多同學選擇放棄這一科，整體成績都很差，甚至有十個同學不合格……這一科，雖然我的分數不是最高分，但也只比CALCULATOR少兩分。

早在做完二十年歷屆試題的時候，我已略略感到進步極大，但因爲總是無法勝過KIKI，也不覺得自己很厲害。因爲應屆會考生沒有一月的期末考，平日測驗的範圍只是最新教的課程，殊不知春節寒假之後，我的水平不但超越了大部分同學，還到達了他們望塵莫及的層次。

CALCULATOR在我後面窮追不捨，連上廁所都要跟著來，吵吵嚷嚷，煩得要命。

「書蟲，你這個大騙子！」

「我騙你甚麼了？」

「你這……這無恥小人！我就知道你一直隱藏實力！中四下學期開始，你的成績就突飛猛進，我肯定你一直在裝瘋賣傻，想盡辦法讓我們輕敵，然後在校內最後一次考試徹底粉碎我們的信心！你當初由名校轉過來，怎可能沒有野心？我眞傻！現在才發現你的陰謀！」

CALCULATOR眼現紅絲，愈說愈激動。

雖然有點同情他，但我的心腸很壞，鬼主意一來，便想作弄一下同學。

「我告訴你一個祕密吧。」

「甚麼……甚麼祕密？」

「其實我這麼高分，是因爲我作弊。」

\(〞▔，，▔)/（他震驚得連鼻毛都跑出來了）

「我作弊了，買了十幾塊橡皮擦，將筆記重點寫在橡皮擦上……我的眼鏡是特製的，有照後偷窺的功能……」

「一個筆盒裡有十幾塊橡皮擦，不會惹人懷疑嗎？」

CALCULATOR很快就發現我在騙他，悻悻然地瞪著我，頭髮上指，目眥盡裂，就像彼此之間有血海深仇。我心想時候也差不多了，想好了一段台詞，便給他致命K.O.的最後一擊。

「不瞞你說，其他科的考試，我信心不大。」

「爲……爲甚麼？」

「今年的試題太容易了，眞氣人！我怕平時不太突出的同學，都可以考出很好的成績，無法突顯出我和他們之間的差距……」

短短一句話，嚇退了CALCULATOR。

他應該很恨我吧……

可是，我這番隨口亂說的話，最後證明是錯的。比起其他同學，我的分數高得絕不平凡。

我一年來的讀書計畫，各階段的進度都經過KIKI的精心鋪排：中四下學期，她教我中四上學期的東西，中五上學期，她就幫我打好整個中四的基礎，最後寒假衝刺，在模擬考前的一刻才大功告成。

我就像練成蓋世武功一樣，每一科的成績都名列前茅，在班上搶盡了風頭。

所有老師的眼鏡，一再跌破。

但老師看見學校出了一個讀書奇才，都很興奮，有個女老師改到我的試卷，更感動得哭了出來。一朝之間，我成爲一個傳奇人物，會考要考十科的祕密也藏不住了。我的事蹟傳遍了教職員室及樓上樓下，連學姊都爲了偷望我，專程繞路到教室窗口。

綜合八科的成績，我的排名是理科班第一！

全年級最強的陳秋蘭，也是我的手下敗將！

陳秋蘭在會考前遭遇第一次大敗，早上她的頭髮還是黑的，轉眼間變成了雪一般的白，正應了「朝成青絲暮成雪」這句話。

成績早就成了她生命裡最重要的東西，主宰了她的喜怒哀樂。

她披頭散髮，一顆頭顱劇烈地左搖右晃……

冷冷清清淒淒慘慘戚戚……

當天，中五丁班的教室裡，出現了創校以來最淒厲的哭聲。

全年級二百四十名學生之中，我考第一名！

這個成績大大超出我的預料。

最想分享喜悅的人，偏偏不在身邊。

網路上，「煮飯貓」的暱稱失去了應有的顏色。

「俺本垃圾，頽廢於被窩，苟全學位於中五，不求每餐有牛肉。貓貓不以俺愚笨，委身下教，三陪俺於自修室之中，諮俺以買果汁之事；由是感激，遂對貓貓動以真心……」

就算收到我惡搞的留言，她也沒有回覆。

雖然KIKI說過要分開唸書，但我也抱著一絲希望，帶著書本，到常到的自修室裡溫習，注意力卻總在門口，期待會在這裡不期而遇。

KIKI沒手機，每次都是她主動約我，所以如果她不找我，彼此就是斷了聯絡。

這兩個星期，我耐不住寂寞，也打過電話找她，日間她不在家。直到晚上九點後，她家裡才有人接電話，可是也不是她。一聽到是她爸爸的聲音，我就心虛，不敢報出眞名。兩次她爸爸都說她不在家，我便匆匆道歉掛斷，心中受盡煎熬：「會考前夕打擾人家，她爸爸應該不喜歡吧？」自此之後，便不敢再在晚上打電話。

等了又等，「煮飯貓」的暱稱長期黯淡。

輕輕的她走了，正如她輕輕的來。

城裡空虛的艷影，在我的心頭蕩漾。

她已不在。

連續十四天，杳無音信。

爲甚麼她可以這麼狠心，完全不理我？

我根本無心再溫書，懶洋洋闔上課本，躺在床上發呆。

連她也不理我的話，我讀書還有甚麼意義呢？

回憶是條長長的軌跡。我在電腦翻查以前的聊天記錄，對著螢幕傻笑。KIKI眞是厲害，竟能忍受我那些又誇張又肉麻又惡搞的訊息。我不得不感歎，發明線上聊天軟體的工程師眞偉大，設置閱讀舊訊息的功能，讓我這樣的可憐人，可以在思念某個人的時候打發時間。

不知不覺，我翻查到聊天記錄的盡頭，那是我初次和她對話時的記錄。

——你知道我爲甚麼叫「煮飯貓」嗎？

我忽然生起了一股衝動，要在網路上尋找她的芳蹤。

最初，我偶然到訪她的網路相簿，才認識了她。今天我若有所感，再鍵入那個網址，竟發現無法再進入，原來她改了相簿的密碼。

「咦！奇怪了？」

我想到了甚麼，隨即點擊「密碼提示」。

密碼提示裡的連結，連到那個有叮噹卡通圖的網頁，不過版面有了改動，中間多了一個可以下載的電腦檔案。

網頁上，多了一段文字：

如果你有一點想起我，

就會再來這個網站。

我猜得對不對？(=^_^=)

小小驚訝在所難免，可是當我下載那個檔案後，竟然無法打開，那是不明的檔案格式。

——叮噹的百寶袋沒有甚麼？

這段文字在我腦際間一閃而過。我有了頭緒，便嘗試將檔案副檔名改成「zip」。「zip」是一種壓縮檔案的格式，這個英文字的意思是「拉鍊」。

檔案解壓縮成功。

解開的檔案夾裡有個文字檔，文字檔裡有一行網址，一打開網頁，就看到一個填字遊戲。

「她又想考我？」

我會心一笑，繼續破解她留下來的網路謎題。

KIKI體諒我是應屆考生，不想浪費我的時間，那些謎題都很簡單，輕輕鬆鬆就可以過關。

來到最後的關卡，竟是一份多項選擇題的試卷，上面居然有一百道題目，必須全部答對才能過關。

我做了幾題，手就在鍵盤上凝住，並不是不會做，而是發現那些題目都是做考古題時犯錯的題目，經過她一番彙整，再弄成一個網頁考我。

我一邊做著那些題目，一邊忍住不哭。

完全破關後，得到她的相簿密碼。

CLICK！

進入相簿。

相簿裡橫排開來都是我和她相處時拍攝的照片。那些照片，令我重溫和她在溫習以外相處的時光：文化中心、露天咖啡室、景觀很棒的速食店、書展會場、天星小輪(註)……時間都很短促，但美麗的青春就濃縮在短促的時間之中。

最後一張照片，展示一個有貓咪圖案的布袋。

圖片下面的敘述文字：

請李書松先生，

到中央圖書館領認失物「考試必勝包」，

指示如下……

樹蔭下的水漬，就像我心中的淚，沉澱著破碎的夢。

那一天，我撐著傘，來到了香港中央公共圖書館，向館員認領失物。我依照KIKI在網路上留下的指示，說出在何日何時哪一個樓層遺留失物，又大概描述一下布袋的顏色和外形。

她眞聰明，想到用這個方法來將東西交給我。

我成功從職員手上領取布袋，那布袋沉甸甸的，裡面塞滿了東西。

這個「考試必勝包」裡的雜物相當豐富，顯然是她用心爲我準備的，是給我的考前鼓勵。大多是我和她溫書時會吃的零食，譬如有提神效果的超酸檸檬糖，另外還有一些我喜歡用的文具、擦汗速乾的濕紙巾……東西不貴，但物輕情意重。布袋的暗格藏了兩張照片，一張是KIKI的學生照，另一張是她在學校裡的拍立得照片，少女穿著校服裙，笑容甜美，在青春裡留影。

還有她的一封信。

我馬上拆開信封，細讀她寫給我的信。

一切眞相呈現眼前——

註：香港歷史悠久的渡海小輪公司，旗下船隻載客往來於香港島與九龍之間，搭乘天星小輪遊覽維港兩岸是旅客必會體驗的行程，《國家地理旅遊雜誌》曾將之譽爲「人生五十個必到景點」之一。

20 紙星──寄母親

天上的星星不說話。
兒時常望窗，窗邊卻沒有出現會飛的大象。
我有時會夢見，那個在床邊摺紙星星的小男孩。
一顆一顆紙星星。
我問你，爲甚麼要摺那麼多星星？
你回答，你媽媽告訴你，人死了之後，不會眞的消失，我們會變成天上的星星，繼續守護著自己最寶貴的親人。
在你媽媽離世後，你不斷摺星星，就是擔心媽媽會感到寂寞，所以摺了很多星星來陪她。
當時小男孩說的話，我一直記憶深刻，直到現在也忘不了。
「你知道我爲甚麼叫『煮飯貓』嗎？」
「因爲妳想嫁給叮噹，當叮噹的老婆，拿他百寶袋裡的道具來用。」
當時我就很驚訝，爲甚麼你會想出這個答案？我在螢幕前愣了一會，一顆心幾乎要跳出來了。然後繼續和你在網上聊天，慢慢了解你，懷疑你就是那個摺星星的小男孩。直到我將你小時候的照片拿到手，證明了我的猜測是正確的，我在你探病時見過你。

你應該想起來了吧？

「煮飯貓」這角色是你媽媽想出來的。

我想你也不記得了。

在我小學五、六年級的時候，我是兒童病房的長期住客。當時你媽媽的病房在隔壁，她無所事事，就向醫院建議，讓她教我們這些兒童病院的孩子唸書。

病房的一角擱著一套叮噹漫畫，不知是哪個好人留下來的。你媽媽借題發揮，在矮桌上搭起小舞台，向我們講起「煮飯貓戰勝病魔」的故事。你媽媽爲角色配音，把故事說得活靈活現，點綴了我枯燥沉悶的住院生活，至今我依然記得長期在病房裡迴盪的歡笑聲。

你媽媽是個嬌小的女人，但她的話很有力量。

我很佩服煮飯貓的勇氣，因爲我小時候是愛哭鬼，吃藥都會哭，而且哭得一發不可收拾。

有一晚，我偷聽到大人說話，知道自己的情況很不樂觀，可能只剩下半年左右的壽命。一想到自己快死了，我害怕得失眠，偷偷溜到外面，碰上你媽媽，就撲進她懷裡哭個死去活來。

「無論甚麼困難的事，只要硬著頭皮去做，就闖過去了。」

後來我才知道，這番你媽媽用來鼓勵我的話，原來出自一篇叫〈爸爸的花兒落了〉的中三課文。

你媽媽過世後，她把她的心捐贈給我。

心臟移植手術相當成功。

我被救活了。

接受了適當的治療之後，這六年來我過的生活都和普通人一樣。

當我撫摸胸口，感到心臟怦怦地跳著，就覺得活著眞好。十分感激你媽媽之餘，也覺得她的靈魂就活在我的心裡。

你媽媽是個很漂亮的女人，我也彷彿繼承了她的麗質和靈氣，一升上中學就很有異性緣，學校附近的男校生都是色狼，給我帶來極大的困擾。

爲了拒絕追求我的男生，我做了一個網站來刁難他們。他們屢試不果之後，很快就會知難而退。

因爲大部分人只會在框架裡找答案，以爲所有世事都會有標準答案，只要遇到框架以外的問題，他們都會懷疑題目有問題，不會自己找答案，根本沒有刨根問底的精神。

令我始料不及的是有人解開所有謎題，而他竟然是我救命恩人的兒子。

當年那個矮小的男孩長大了，上天將他帶來了我面前。

想不到我和你會以這種形式相遇。

命運和緣分。

那一刻我不想相信也不行了。

□

每個人都是一個點，就像化學作用裡的分子一樣，命運就是一種化學鍵，有強有弱，將應該相遇的人連接起來。

那天在網上遇到你，到了現在，我仍然覺得是上天給我的奇蹟。

怎會這麼巧？

我簡直不能相信。

中樂透的機率大約是一千四百萬分之一，香港人口約七百萬人，相遇的機率比樂透高得多。如果連樂透都常常有人中獎，我與你的相遇只不過是其中一次合理的結果。

我開始相信，世上眞的有命運。

上天讓我誕生在這世上，也許就是要讓我當你的小叮噹。

我到醫院複診，跟病房裡的護士談起這件往事。你媽媽當年曾教兒童病房的病童唸書，只不過是六年前的事，有幾個護士依然記憶猶新，不光是記得你媽媽，還記得你。

其中一個護士告訴我，當年那女教師的兒子，雖然是資優兒童，卻被診斷出罹患一種影響學習的病症「大雄綜合症」。這是日本針對先天性腦機能障礙中注意力缺失症（ＡＤＤ）這類精神官能障礙的別稱。ＡＤＤ全名是「Attention Deficit Disorder」，簡單來說，病徵就是大雄在書中的性格：注意力不易集中、散漫、缺乏恆心，以及禁不起挫折。

對於你的毛病，你媽媽十分清楚，或許擔心會影響你的成長，所以沒有明明白白告訴你。跟你一起唸書之後，我更加確信自己的想法。你很聰明，但也欠缺恆心，很容易受身邊的人影響。

在這世上，可能只有我可以改變你，雖然這麼說很奇怪，但事實的確如此。

我下定決心要栽培你。

於是，我利用你對我有意思這一點，慫恿你跟我一起讀書。逼你跟著我的讀書計畫、刻意不追上你學校的教學進度，就是因爲我清楚你的性格，怕你會驕傲自滿。同時，我小心翼翼地和你保持距離，如果讓你追到我，我怕你會失去動力。

你就像一株野生的幼苗，溫室的環境不適合你，只有烈日和暴雨才能讓你茁壯成長。

我爲了激起你的好勝心，經常和你比賽解題。

這個方法眞的很有效，你在乎我，所以一直不想輸給我，結果漸漸追上我，甚至超越我。

你的理解力很強，學得也比別人快，那些令人叫苦連天的化學方程式，還有玄之又玄的經濟學理論，對你來説都好像毫無難度。

你的進步眞的遠遠超乎我的想像。

告訴你一個祕密：到後來，我也沒有把握贏你，所以耍了一些手段，每次在跟你做考古題之前，都會提前預習一遍。

經過我的一番栽培，你已經變得很厲害了。

會考前的模擬考，就算你不告訴我，我相信你一定會看見成果。

經過一年來的努力，以你現在的程度，一定可以跨過會考這個關卡。我很清楚，你每科都有「坐B望A」的實力，雖然連我也感到有點不忿，但你在讀書方面的天分眞的比我高得多。

記得你説過，會考後要先打工賺錢，然後帶我去旅行；到台灣環島遊，一起看日落，一起看海灘，一起看花田……每天都玩得樂而忘返，無拘無束，累垮了才睡覺。

因爲你，我也對未來充滿了憧憬。

我真的很想和你一起參加會考。

可惜我做不到了。

由於自小有心臟的毛病，醫生建議我不要承受太大的壓力。很多人，包括爸媽，都勸過我，他們覺得我沒必要這麼努力讀書。他們不明白我的理想，也不明白會考對我的意義：我希望可以和同齡的人有同樣的經歷，有同樣的集體回憶，這樣我才會有自己歸屬的時代。

我常常思考，人生到底是甚麼？甚麼才是成功？

成功的標準因人而異，但不論貧富貴賤，也不論男女老幼，我們都有要揹負的責任，努力的人生才是充實的人生，完成了命運給你的使命和考驗，這樣的人生便是無憾和精彩。

人生，最大的勝利是改變自己，最大的成就是改變別人。

你的母親，就是這樣的一個人，生命短促卻絢麗，她用她的人生改變了很多人。

我也希望做到那樣的事，只要我在會考考出九優以上的成績，我的故事就可以感動人。

我更希望改變這個世界。

只有好好讀書，考出一流的成績，才證明我有這個能力，這個社會才會信任我，將重任交到我身上。

雖然我們年紀還小，做不了甚麼大事。

但，今天的我們，就是明天的大人，今天的我們沒能力改變什麼，卻不代表未來我們不可能帶來改變。

可是，很遺憾，上天沒有實現我這個願望，因爲心臟常常絞痛，我到醫院接受診斷。醫生告訴我，我的冠狀動脈造影，出現閉塞性硬化，這是經常發生在心臟移植患者身上的後遺症。現在我有了生物學方面的知識，看著自己心室的X光底片，聽得懂醫生的解釋，明白自己隨時都會有生命危險，必須盡早接受手術。

我不得不放棄今年的會考。

我一直很努力，如果手術無法成功，我也不敢想像後果。

只好等明年再考了……

書蟲，很抱歉，不能陪你走到最後……我沒有臉再見你，因爲我違背了與你之間的承諾，也一直不敢告訴你關於病情的事。

「我陪妳等一年再考！」

你就是這種人，一定會做出這種事。

遇到這種情況，就算使出你給我的第三顆紙星星，你也一定不會聽我的。請你原諒我，如果太早讓你知道這些事，只怕會影響你讀書的心情。

我的生命比別人脆弱，但我在精神上不會服輸的。

儘管手術的風險很高，我決定接受手術。

□

這封信是在我進醫院之前寫的。

會考後，就是更難的高考，即使在大學畢業後，人生還會出現大大小小的難關……

書蟲，我希望你可以答應我，好好努力面對一切，千萬不可以逃避。

眞正最苦的人，就是自以爲逃避了責任就一身輕鬆的懦夫。

就算我不在你身邊，我也會一直陪在你身邊。

我願我是寂夜裡的一顆星。

偶然看見天上的星星，你就知道我並沒有消失。

讀不讀書是你的選擇，但我希望你知道，在你奮鬥的時候，你並不是孤獨的，至少會有朋友眞心盼望你成功，會有陪你一起哭笑、一同作戰的夥伴。

連我也無法解釋自己對你的感覺啦……

我喜歡你。

我不得不承認，這是我眞心的想法。一個女子經常約一個男生溫書，或有或少也有情意吧？我和你還沒有牽手，我還沒有收過你的玫瑰，還沒爲你學過做菜，還有很多還沒做的事情……抱歉我可能無法遵守對你的承諾，無法和你一起完成會考，一起升上同一所大學……

書蟲，雖然你不算很帥，但你就是我心目中的王子。

可以的話，我想和你再看一次星空。

我知道有一天你會離我而去，會有自己的人生……

我有個自私的想法，希望你將來看見天上的繁星，走過跟我走過的路，會偶然想起我，會想起我倆相處的短暫回憶，會記住我這一句座右銘：「無論甚麼困難的事，只要硬著頭皮去做，就闖過去了。」

只要你做得到，你的人生一定很精彩。

臨表涕泣，不知所云……

我會像小叮噹一樣，看著你成功，看著你跌倒……

永遠陪在你的身邊。

21 貓貓的花兒落了

網路是很奇妙的發明，大大改變了人類的生活面貌，將來的人一定無法想像以前沒網際網路的日子是怎麼過的。

但我相信，無論有沒有網路，只要是有緣的人，都一定會相遇。

她太卑鄙了。明明說好會考之後，就要一起痛快玩一個夏天。

責怪她的同時，我心焦如焚：如果手術成功的話，她爲甚麼一直沒有找我？

我隱隱有了最壞的心理預算。

最大的謎題來了——

她到底身在何處？

這不是她刻意留下來的謎題，這只是我爲自己出的題目，無論如何都要找到她。

答案就在她給我的那封信上，可能是不小心透露的，也可能是刻意留下的，但我總算是有了尋人的關鍵線索——如果我的推測正確，KIKI身處的醫院，就是我當年常常去探病的醫院。

在失魂落魄的狀態下，我跳上計程車，喊出那醫院的名稱，當司機找零時，我竟然慷慨地拒絕，喘著粗氣滴著熱汗，奔向醫院的入口。

我的鼻子差點撞在還來不及打開的自動玻璃門。

即使搜遍整間醫院，我也要找到她！

當時我抱著這樣的決心。

我卻是多慮了，當我來到櫃檯，報上KIKI的中文全名，就收到這樣的答覆：

「你是李書松嗎？請給我身分證。」

護士小姐喊出我的名字，我正納悶不已，還來不及問，她已解釋：

「家屬探病名單上寫了你的名字。」

KIKI神機妙算，是女中諸葛。

在醫院裡尋找她的病房，我的喉頭如嚼蠟般難受，眼中的世界像一片片碎開的琉璃瓦。至今我仍然很難相信，這樣的事怎會發生在一個少女身上？

我不是宿命論者，但不得不相信，有股無形的力量引領我來到這裡。

就在裡面，她就在裡面。

我咽喉裡有哽咽的感覺。

整個世界好像變了另一種顏色，窗簾乘風婀娜飄起，房間與漫無邊際的白雲交接，安詳而寂靜。

唯一入耳的聲音，就是人與機器之間的喋語。

隔著一重磨砂玻璃，隱約出現一層視覺上的薄紗，薄紗軟軟地往兩邊掀開……

少女在這片寧靜的世界裡靜靜地沉睡。

一瞬間，滿溢的淚水在眼眶中打轉，我眼中有股熾熱的感覺，原來早已熱淚盈眶。

牆壁是白色的，布幔是藍色的，窗框是杏色的，我眼裡的世界，卻漸漸變灰……

病床上的美人兒正在安眠，她的睫毛輕輕眨動，其實和平時沒兩樣，只是睡著了，就是不知要睡多久，無論是誰都不能驚醒她。

我一直看著她，眼角像摻了木屑般刺痛。她在我眼中，永遠美麗。

我就這樣坐在床邊，看著她，看著她，守候這個黎明。

她身子瘦削，就像摔破後再黏好的花瓶，脆弱得不能再被擁抱似地……

後來，看護人員告訴我，KIKI自小就是這醫院的常客，因爲做了換心手術，幸運活下來了，六年來一直無事。但手術的後遺症出現了——冠狀動脈硬化，猶如胸口裝了一個無排氣管的舊式電熱水爐，隨時有爆炸的危險，必須接受一個風險很高的手術。

她一直很努力，很想撐到會考之後。

醫生說，決定安排做手術的一刻，小美人的眸子裡飽含眼淚，一副很不甘心的樣子。

半個月前，她在書桌上昏倒，就被送進醫院的急診室裡搶救。

搶救只成功了一半，她昏迷之後就沒有再醒來。

沒有童話中出現的美好結局，在現實裡，煮飯貓敗給了病魔。

看著她恬靜的睡容，我在床邊佇立半天，才鼓起勇氣，撫了撫她的手背，又摸了摸她的臉頰，發覺依然是溫暖的，心中頓時泛起難以言喻的感動。我輕輕拭了拭臉，手背上都是星光一樣的淚點。

我坐了下來。

病房裡，有一戶面海的窗，隔著層巒疊嶂，可以看見山坡上春暖花開。

置身病房之中，回憶就像隨時會被掀開的畫布，一切依舊，時光彷彿倒流到那段到文化中心和藝術館溫習的日子，靛色的天空和靜謐的海，在眼簾裡湧著暗浪，耳窩迴盪著背誦過的句子，牆上重疊著我和她的一雙影子。

我在等。

等日落。等星沉。等朝朝暮暮。等她醒來。

等待花潮盛開。

等待我和她牽著手走下山坡的一刻。

我默默等待。

直至黃昏融化了世界的色彩。

「無論甚麼困難的事，只要硬著頭皮去做，就闖過去了。」

我漸漸領悟KIKI以前說過的話。

曾經是最苦的事，將來可能會變成最樂的事。只要和喜歡的人一同經歷這個階段，一切就不覺得苦了。

在會考備試前這一個月，我每天都會往醫院跑一趟，帶著當天要做的歷屆試題，繞路經過花店，紅的白的紫的黃的，捎起一束，將芳香帶到她的床邊，爲蒼白的病房點綴一絲艷色。

我靜靜坐在她的床邊，翻開一份份歷屆試題，聚精會神地解題。

來這裡，就是爲了陪她唸書。

無論是任何人，都會害怕寂寞，所以我不會讓她孤單一人。

雖然她已睡著了，但我知道數學和物理的公式依然在她腦中運轉，熟背的中文課文和英語生字不會輕易消失，也許夢中的她，正在思考化學實驗的結果……就算她的身軀不動，她的思想依然騁馳在自由的空中。

上天眞的太殘忍了，剝奪了一個少女的希望。她爲我付出這麼多，我也希望爲她付出。

十個A，這是我會考的目標。

這番話，好像痴人說夢，看來是一種幾乎不可能做到的妄想。但我很想試一試，拚一拚，知其不可而爲之，在剩下的一個月，燃盡我的生命，轟轟烈烈地完成會考的征戰。

將目標訂高一點，就算最後只有九個A、八個A……我也有可能成爲新聞報導的人物。我很清楚，像我這種在平民學校出身的學生，只要在會考這個舞台考獲八優或以上的驚人佳績，一定可以吸引傳媒的關注，成爲被採訪的對象。

這樣一來，我被名校踢出校的經歷會變成一種新聞價値，到時候，我一定會向記者說出煮飯貓的故事，代替KIKI完成她未完成的心願——她的人生感動了我，我希望可以感動更多人。

網上曾流傳一個虛構版本的小叮噹結局：有一天小叮噹突然停止運作，要等二十年才能重新啓動。大雄爲了讓小叮噹醒來時看見一個全新的自己，便自立自強、拚命唸書。二十年後，大雄學有所成，也終於到了重新啓動小叮噹的一刻……小叮噹醒來後，對大雄說的第一句話就是：「很久了！我一直在等這一天。」

也許，我盡力考好了會考之後，KIKI就會醒過來，和我分享喜悅。

我就是抱著這樣的憧憬，每天都在醫院裡唸書。

醫院裡的椅子不舒服，所以我買了一個軟座墊，加上一几一筆一簿，對我來說這裡就是世上最好的自修室。

探病時間恰好三小時，夠我做完兩份歷屆考古題的試卷。早晚兩次，其餘時間我留在大眾餐廳詳讀重點，溫故知新，複習進度十分理想。

KIKI的爸媽來探病，我無須解釋，他們已知道我是誰，原來KIKI早已清楚交代我們之間的事。她將寫給我的信影印了一份，交託給爸爸，如果她有甚麼不測，她爸爸就會在會考之後把信交給我。我的名字出現在家屬探病名單上，也是她預先交代好的事。

她的父母感謝我：「謝謝你陪她走過這一年。」

我苦笑了一下，心想這番話該由我來對她說才對。

日子在倒數，會考的日子近了。

第一科是英文科卷三聆聽，為了練習，我在隨身聽上加了分插頭，戴上一只耳機，將另一只耳機放到她耳中，聽著她為我複錄的錄音帶。也不知是否忘記清洗舊音軌，還是故意的，聽力練習的音軌播完了，接著就是一些用英語哼唱的老情歌。

我和她一起靜聽那些抒情的旋律，凝望窗外。

然後，夕陽西下。

黃昏再次融化了世界的色彩——

科學家霍金說過，人類這物種出現在宇宙裡只是一種偶然。

那麼我誕生在這個世代，在恆河沙數的人海中遇見妳，也只是一種偶然。但我願意相信這種美麗的偶然，用佛的語言來說就是宿命。

爲了與妳相遇，我願意在佛前懇求五百年……我終於明白這是什麼樣的心情。

十年，二十年，甚至直至我閉眼之前，我心裡都會有妳。就算生命消失，妳的身影、妳說的話、妳的感情都會永不褪色，長留在我的記憶。

一年、一個月、一個小時，哪怕只有短短的一秒，只要我和妳的相遇在這宇宙裡留下一點痕跡，因爲偶然而重疊，彼此的生命就有了無法再被時間改變的意義。

感謝佛，讓我和妳在最美麗的時刻，結下一段塵緣。

是妳，教懂我最苦與最樂。

有苦，亦有樂，那段日子艱苦無比，莘莘學子咬著牙關，嚥下一大口唾液，在課本的淵谷底掙扎又掙扎，仰頭盼望明日的光明。

但也有同輩之間支持的勉勵，這是樂的。

苦中作樂，甘中帶甜，同休共戚的知己，難忘的初戀情人，都是在這時期結識的，在校的時光是那麼美好，不管是苦是樂，不論是甘是甜，都是一逝不返的光陰。

在記憶深處，我們懷念當時那個揹著書包的自己，思想依然年輕，心境永遠活潑，愉快地飛躍在青春的稚笑聲之中。

一輩子只得一次。

正因爲如此，現在我所面對的一切，包括迎接殘酷無情的考試、生離死別的考驗……都是樂的。

白髮蒼蒼的時候，我依然會回想——

我站在妳身邊，跟妳看著同樣的星空，騎著同一輛機車飛馳。

窗外，五月的陽光飛散，像菊花盛放。

在車上，我選了靠窗的位置，出發前往指定的試場。

耳機裡是德沃夏克的第九號〈新世界交響曲〉，顛簸的車廂隨著激昂的音樂晃來晃去，閉眼休息了一會，目光便再次落在筆記上，一邊吃著麵包，一邊默默地背誦重點。

芸芸眾生，茫茫人海，人與人的相遇本來就是件奇妙的事。

一個人，一句簡單的話，都有可能改變另一個人的命運。

當人生的轉捩點出現的時候，我們都要做出無法逃避的抉擇，有些抉擇會燃亮我們的生命，有些抉擇卻會令我們後悔一生。

而我相信教育的最大意義，就是教會我們在人生的分水嶺上，在每一個要作出抉擇的關鍵時刻，如何做出最正確的決定。

做對了，我們就會有幸福的人生。

在某個時間點上，當我們憶當年，可以笑著回顧自己的一生，而不是帶著怨言悔不當初。

每一個時代，都有當代人的足印。

這是屬於我們的時代。

這是屬於我們的回憶。

我們曾經活在同一片天空下，看著同一片藍天——

翻同一樣的書，做同一樣的試題——

22 弔古試場文

我和煮飯貓的故事到此爲止。

這樣的故事就像小說般曲折離奇，如果我說是眞人眞事，又有多少人會相信呢？

兩個月之後，中學會考放榜，記者追訪考獲佳績的狀元，鎂光燈永遠照在勝利者身上，正如我們的社會都以年薪超群、出類拔萃的人作爲模範。

我希望，在香港各大新聞報章上，將會刊出這樣一則新聞——

有個男孩本來一事無成，討厭唸書，遭名校退學，天天搓麻將……可是，他在補習班遇上一個名校女生，這女生是他的童年玩伴，但隔了很多年沒聯絡。她教他用功的方法、陪他一起到圖書館唸書，改變了他。最後，這女生在會考前過度用功，在醫院病重，無法出席千辛萬苦備戰的公開考試。男生驚聞噩耗，就在醫院裡陪著她唸書，帶著她的文具，代替她參加公開考試。

男生在記者面前，說出一個感人的故事。

也許會有作家偶然讀到這一則新聞，深受感動，然後靈感洶湧而至，寫下我的故事。

李書蟲。這實在是只像在小說裡出現的名字。

爲了增強戲劇性，很多情節都經過渲染，甚至變得陳腔濫調……但無論在任何時代，只要社會崇尚成功的價值觀不變，讀書人的痛苦都不會減少，旁觀者、倖存者或者當事人都會有所共鳴。

最苦，也最樂。

曾經有個美麗的女生，在我心中開出了花朵……

多少個惶惑的夜裡，挑燈苦讀，闔上書本的一刻，摸索自己的將來；多少個早起的清晨，拿著徹夜整理的精讀筆記，疑惑努力會否付諸流水；多少個想家的黃昏，拖著疲累的身子，沉重的步伐，問蒼天何時方可脫離這種日子。

我們的青春都在書卷上留下深深的痕跡。

教育制度就是一個將人困住的籠。

飛出籠外的人就是異類。

籠外有自由，卻沒有人們想像的那麼好，逃離籠的鳥，最後又會回來這個籠中。

噩夢完結之後，會是另一個噩夢嗎？

痛苦過後，未來眞的會有美夢嗎？

一切都會過去的，我只有相信自己。

來到這一天了。

我提早到達試場，聽音樂來舒緩緊張的情緒。

試場是一所陌生的學校，我找了一條人較少的小徑，找到一張板凳，抹乾上面的水點，沐浴在溫暖的陽光下，臨考前靜靜地養神。

這段時日，在病房裡的光景，就像在作夢一樣。

這一年裡發生的事，也像一場短暫的夢。

彷彿有個聲音對我說：

「千萬別讓這裡成爲你的終點！」

我才不會被打敗呢！只有闖過這一關，我才可以開拓自己的未來。

睜開眼，周遭的人多了，都是一群群拿著筆記做最後衝刺的考生。

我笑了。

幸好我並不孤獨。

眼前是一片又一片的帷幔，無止境的漆黑，伸手不見五指。只要勇敢地向前走，就會發現障礙原來只是一片黑色紙膜。

穿越它，未來的路就出現了。

我不再害怕，拿出准考證，朝禮堂的入口處前進。

禮堂內，座桌列陣。

終於來到這裡了。

每個人都有各自不同的理由。

有的是爲了人類原始的慾望，要出人頭地，成爲社會棟梁；有的帶著家人的期望，要釋放背上那超乎負荷的沉重擔子；有的很悲哀，連來這裡的目的也不知道，只知道「汰弱留強」是唯一眞理，只有比旁邊的人優勝，才能繼續生存；有的很絕望，根本沒有任何理想和準備，兩手空空，坐以待斃。

我看，這裡不僅是考場，更恰似一個戰場，瀰漫著「非你死即我亡」的凝重氣氛，倖存人數是限額分配，一部分人會成爲別人的墊腳石，用屍骸拼湊成一條讓成功者踐踏的康莊大道。

成功昂首走出這裡的會成爲將來的大人物，垂頭喪氣的陣亡者會無聲無息地被槍斃。

被槍斃的是他們接下來的「一生」。

一生之中，沒有哪幾個小時比這幾個小時更關鍵、更重要。

屬於我的戰鬥即將開始。

桌上躺著一份覆蓋著的考卷，在禮堂的強光下，背面隱隱透出一行行字跡。我乘機把握開卷前的短暫時間，偷步透視考卷的內容。

我豎起耳朵，體內開始分泌腎上腺素。

「現在的時間是八時二十分。可以開始作答。」

當監考員喊出這句話的一刻，禮堂裡掀起了翻卷的聲音，如同百人起跑，透明的筆桿在亮燈下閃閃爍爍。

我提起筆尖正面迎戰，在肅靜中廝殺，在沉默中作出抗命⋯⋯

在這個死胡同裡尋找唯一的出路⋯⋯

直到聽到一聲「時間到，停筆」為止。

《書蟲的少年時代》完

補充資料（香港教育制度）

二〇一一年以前，香港採用英式學制：

5 —通過中學會考→ 2 —通過高考A-LEVEL→ 3

中學五年　預科班兩年　大學三年

香港中學會考（Hong Kong Certificate of Education Examination，簡稱「HKCEE」）及香港高級程度中學會考（Hong Kong Advanced Level Examination，簡稱「HKAL」或「A-LEVEL」），此兩者是香港昔日主要的升學考試，於每年四月至五月舉行，七月至八月上旬公布成績。

由中四開始（等同台灣高一），中學生分爲文科班、理科班及商科班，中英數是必修科。

文科班科目包括：中國歷史、西方歷史、中國文學、英國文學、地理、宗教、美術、音樂等等。

理科班科目包括：附加數學、生物、化學、物理、電腦與資訊科技等。

商科班科目包括：經濟學、商業、會計、經濟及公共事務、旅遊與旅遊業等。

在「HKCEE」中學會考這一關，大部分考生應考七科或八科，擇其成績最佳的六科，計算總分。

評級方法如下表：

成績評級	積點	佔考生人數比率
A	5	約3%
B	4	約10%
C	3	約15%
D	2	約30%
E	1	約30%
F	0	餘下%
UNCL（不予評級）	0（超爛）	餘下%

不論報考人數多少，達到「HKCEE」升學最低要求（十四分）的人數大約是兩萬餘人。而這兩萬多倖存者在預科班的兩年內競爭，必修中國語文及英語，選修兩至三門主科，共赴同一屆高級程度中學會考，以成績競逐各大學的學位，再一次汰弱留強，只有精英能進知名大學的知名學系。

二〇一一年後——

因應香港教育改革，爲了讓學生與中國大陸接軌，改用三三四學制（國中三年，高中三年，大學四年），棄用陪伴多代人成長的公開考試制度，由二〇一一年開始會考被香港中學文憑考試取代，會考和高考從此消失。回歸中國大陸以前，香港大部分中學的教學語言亦以英語爲主，但由一九九七年開始推行「母語教育」，即全部課本改用中文，只有一百多所傳統名校可保留英文教學，結果釀成莘莘學子爭入英文中學或出國升學的局面。

後記

考大家一道常識題：過去十年，世界上生育率最低的地區是哪一國？

台灣人都應該知道答案……但如果我再考大家，世界生育榜排名第二低的地區呢……我這麼問，答案昭然若揭，當然就是香港啦（請注意，第二道問題換了一個字眼，因爲香港不算國家，只算地區，或稱「特區」）。

絕子絕孫，顚覆傳統，怪象的成因眾說紛紜，譬如買不起房子、工時太長……依我愚見，教育制度也是値得歸咎的成因。假如我住在地獄，也會自動忍痛做絕育結紮手術，免得孩子一出來就要受煉焰之苦。香港與台灣兩地政府過去不知有甚麼神祕的協議，教育制度都是朝令夕改。有一年，我倚著寒窗，好不容易把一百二十頁的改革報告讀完，自以爲變成這方面的權威，他奶奶的，政府明年又再出一份二百多頁的改革建議，說得天花亂墜，改得無法無天，唯恐天下不亂。我說的是香港的情況，台灣近年的情況好像也趨向「殊途同歸」，我向出版社的編輯問起台灣學制的事，結果捲起一大片揮之不去的迷霧和疑雲。有時候，我覺得台灣和香港的教育部門可以義結金蘭，變成命運共同體。

朋友讀過這本小說，應該知道香港昔日的教育制度與英國如出一轍，公開考試的成績單獲得國際眾多大學的認可。老實說，我覺得舊制比新制好，愈改愈糟糕。我不是崇外，才幫英國人說話，至少我曾經熬過，知道那是個公平的制度，一分耕耘一分收穫，只有努力的人可以考上好大學。不好當然要改，可能我眞的眼淺，看不出舊制有哪裡不好。陰謀論者云：「這樣做是爲了與大陸接軌啊，教育部就是爲了政治目的而成立的機構。」我擔心被槍斃，不敢亂說話，但心中總是按捺不住大膽揣測：九七之後，棄舊迎新，新制度的成績單反而不受國際認可，香港的苦命學生自然要重返大陸的懷抱，到大陸升學，將來自會用黨思想建設香港……然後……

可是，唉，哀哉，香港政府這番苦心完全成空，未如人願，市民謾罵教育爛透的噪音衝破了九層天之後，結果釀成一波波出國升學潮（高官讚好的同時，卻送自己的兒女到外國升學，自摑嘴巴）。不過還是有家庭選擇留下。有錢人，包括炒房移民的大陸客，非在名校林立的明星校區購屋不可。曾有一大群家長蜂擁爭入明星學校召募新生的會場，擠破了禮堂的玻璃窗。悲夫！憐我眾生腳濺著血，擠窄門，只是爲了一個學位矣！條條大路通羅馬，財大氣粗的家長，都會安排子女入讀國際學校，國際學校的門外亦大排長龍。香港商人眞不是一般腳色，高明的管理層竟想出一個點子，將入學券包裝成投資項目，家長肯付幾百萬，就可以買到國際學校的學位，彼此雙贏，皆大歡喜。

香港政府倡導改革，很愛引用一句話：「減少學生的痛苦，讓他們快樂學習。」這種語氣，其詭異的程度，猶如老闆對小員工說：「我減少你的工作量，讓你快樂工作好不好？」

回想自己以前唸書，一直到中學畢業前都好像在發呆，哪會想到人類突變，進步神速，現在連幼稚園學生都要學懂至少三國外語，會彈鋼琴、誦唐詩、繪畫、游泳、打曲棍球、打算盤、組裝機械人……才有機會通過明星幼稚園的面試。對，現在的面試是由幼稚園開始。有個母親接受報章訪問時還沾沾自喜地說，自己的孩子有十三項專長，全部考獲憑證。再過幾天，又有個母親對記者說，自己的四歲幼女，已會唸三千個英文單字……我慚愧無地，自覺必須報讀成人腦力開發班，才有能力和這班後起之秀競爭。

說到這裡，我不禁有此一問：「這樣讀書，你會快樂嗎？」

無憂無慮的童年已成絕世的雲煙。

對亞洲區的孩子來說，讀書都是痛苦的回憶。香港也好，台灣也好，沒幾個應屆考生可以含笑睡覺。穿過台北車站的補習街，我總會驚歎兩地的補習文化何其相似。彷彿由唐朝科舉制度開辦至今，讀書郎都飽受無法掙脫的巫咒，儒林外史裡的荒誕嘲諷仍縈繞不絕。

真正令學生驚恐窒息的怪物，不是考試，而是社會的價值觀。

成功的標準因人而異，但我們不約而同，都將財富和地位視爲成功的標準。

眞正要改變的，不是教育制度，而是大人的心態。只要大人不接受學術以外的成就，眼中的工作有貴賤之分，望子成龍，罵子成蟲，讀書無論如何都不會變成一件快樂的事。

以前答題目，評論中國人的根性，最常用的成語是「逆來順受」。既然不可改變整個社會的心態，只好奉勸還在求學的年輕人一句：「苦中作樂。」在暴雨和烈日下成長的勁草，格外茁壯。

天航

二〇一二年

台北・現居有摩天輪的一區

國家圖書館出版品預行編目資料

書蟲的少年時代／天航 著. ——初版.
——台北市：蓋亞文化，2012.09-
面；公分. ——（阿米巴系列；5）
ISBN 978-986-319-003-5

857.7　　101011040

悅讀館　RE247

書蟲的少年時代

作者／天航（KIM）
插畫／kim minji
封面設計／克里斯
出版社／蓋亞文化有限公司
地址◎台北市103赤峰街41巷7號1樓
電話◎（02）25585438　傳真◎（02）25585439
網址◎ www.gaeabooks.com.tw
電子信箱◎ gaea@gaeabooks.com.tw
部落格◎ gaeabooks.pixnet.net/blog
投稿信箱◎ editor@gaeabooks.com.tw
郵撥帳號◎ 19769541　戶名：蓋亞文化有限公司
總經銷／聯合發行股份有限公司
地址◎新北市新店區寶橋路235巷6弄6號2樓
電話◎（02）29178022　傳真◎（02）29156275
初版一刷／2012年09月
定價／新台幣 250 元
Printed in Taiwan

GAEA
ISBN／978-986-319-003-5

Gaea

GAEA